直說無妨

非常關係2

鄧惠文

女人的問題，拐彎抹角。
男人的回答，似是而非。
朋友的安慰，朦朧曖昧。
有誰能更直接地說出真心話？……

CONTENTS

CHAPTER 1
熱戀的天空充滿驚嘆號!!!

戀愛的香料 010
延長戀愛的賞味期限

融化公主的心牆 018
讓女人無力招架的經典名言

不要只搶發球權 023
學會愛情的發球與打擊

熟女的α功能 030
姊弟戀的心理結構

單身男人越老越值錢? 036
多種角度分析熟男魅力

愛情怎麼讓每個人都歇斯底里? 042
談戀愛也要小心地雷區

妳的眼光很三角? 047
吃醋撒嬌和疑心病的差別

可不可以遙遙相愛? 052
遠距離戀愛的三高三低

CHAPTER 2
緩和還是磨合，總之問號連連???

絕口不提我愛你 062
拒絕承諾的真實原因

別讓他窒息 069
自願來的才是愛

戀愛四週期 075
愛是無止境的惡性循環？

女人的問題，處處是陷阱 080
男人就是搞不懂問題背後的問題

叩叩叩，請問秘密在家嗎？ 086
女人瞎想瞎問，男人多說多錯

沒有標準答案的考古題 091
在愛情裡要學會的說話之道

破案線索是茼蒿菜 096
男人永遠聽不懂的關鍵因素

妳是否把百分男人打了對折？ 103
堅強和逞強，差一字差很多

CHAPTER 3
錯愛是沒完沒了的刪節號……

愛他愛到鬼打牆 114
為什麼離不開恐怖情人？

被掏空俱樂部 118
愛情裡的借貸關係

藍色男孩的致命光芒 124
「睡美人式」戀愛盲點

魔鏡，魔鏡，只有你看得見我的美 128
當破鏡重圓以後

難以承受之分 135
分手訊號，拒絕接收

難捨完美前情人 140
友誼與愛情，左右好為難

癡迷情人的不可能任務 145
舊愛如何Say Goodbye？

不能換殼的寄居蟹 150
是誰不讓你做自己？

CHAPTER 4
婚姻絕對不是簡單的句號。

揉縐的紙飛不出地窖 158
一個人很寂寞，兩個人還是孤單？

你把什麼藏在碎唸裡？ 164
治療嘮叨男人的方法

夫妻吵架排行榜前三名 169
什麼叫做有意義、值得吵的架？

從抹布引發的戰爭 177
吃力不討好，老婆這一行

親愛的，別人的 184
小三心態大分解

夢幻泡泡中的無底深淵 190
如何脫離第三者的角色？

結婚是為了生小孩？ 199
期待好「孕」的正確心態

一覺醒來，王子變青蛙 207
溝通落差，如何找到平衡點？

CHAPTER 1
熱戀的天空充滿驚嘆號！！！

- 如果男女雙方能夠建立起自信，用正面的態度去談維持愛情關係的品質，會比使用破壞性的手法去捍衛愛情來得更完美。
- 適度的「神秘感」能夠為愛情保持新鮮，是讓戀火持續燃燒的重要秘訣。
- 保持一顆開放與溫暖的心，可以讓看似敗筆的年齡，成為難以取代的迷人優勢。

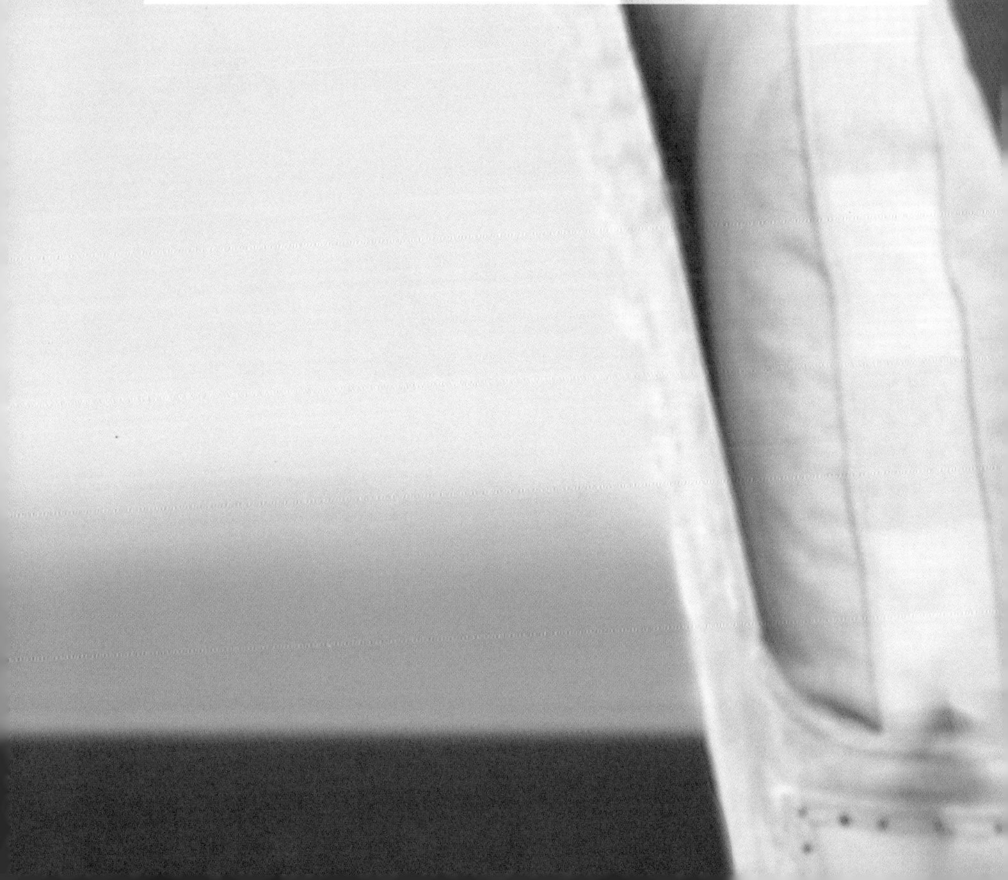

戀愛的香料

延長戀愛的賞味期限

當一段戀情正要萌芽的時候，正是最令人心醉且難忘的「曖昧期」，而曖昧之所以耐人尋味，其中有一個很重要的原因，就是「神秘感」。神秘感是一種難以言喻的神奇力量，讓戀愛中的男女，處在一種對彼此一知半解的情況下，進而激發出渴望能夠更了解、更認識對方的想法。

但是，神秘感往往只是一種短暫的火花，僅僅存在於戀情萌芽初期的曖昧階段，一旦進入熱戀期之後，一切都變得白熱化。隨著兩個人的距離越來越靠近，對雙方的了解也越來越多之後，神秘感也就會隨著戀情的成熟而逐漸消散。

真心相愛的戀人，如果有心讓感情長久，千萬不要忽略：適度的「神秘感」能夠為愛情保持新鮮，是讓戀火持續燃燒的重要秘訣。

或許大家都有這樣的經驗——跟一個擁有神秘感或是能夠維持神秘感的人交

往時，常有一種感覺：「為什麼他在我們的關係裡如此輕鬆？總是處之泰然？難道對他而言，我並沒有產生任何影響力嗎？」這樣的惦念讓戀人經常把對方放在心上，翻來覆去地左思右想，希望能用更多心思與方法抓住對方。

神秘感在戀愛中的重要性

相反的，如果男方或女方在兩人初次相見歡的時刻，就大剌剌地全部攤牌，或是不經思考地透露出，願意讓對方完全掌握自己的行蹤或訊息的時候，那麼另一半通常就會很放心的把戀人拴在身邊，然後自己跑出去透氣。

說穿了，「神秘感」就是一種產生驚喜的潛能，讓對方還有期待與發掘的空間。

舉例而言，如果是在雙方交往的第一個星期，或是兩人剛開始談戀愛的前七到八次的見面和約會時機，正是建立溝通模式的關鍵期。如果在男女雙方正在奠立未來相處模式的重要關鍵點上，其中有一方選擇將自己和盤托出，那麼在往後相處的兩人世界裡，就很難不依循著這樣的模式繼續下去。例如：把自己的電子郵件信箱密碼、過往情史等比較私密的部分。在一開始交往初期，甚至在對方還來不及開口詢問的時候，就急著讓對方了解所有的秘密，一旦讓其中一方掌握了對方的感情線索，開始按圖索驥時，不但少了許多探索神秘感的樂趣，反而是為自己製造了許多不必要的麻煩。

失去自我的原因

當兩個人真正開始深入交往了之後，有時不但失去了神秘感，甚至連個人的日常生活，也開始失去了屬於自己的空間。之所以會出現這樣的狀況，可能有以下幾種心態：

第一、打從心裡就很想知道對方的隱私，所以就不得不拿自己的小秘密去交換。例如：明明很想窺探對方的手機簡訊，卻又不知道該如何啟齒時，只好用自己的手機跟對方交換，這樣的性格很容易就會在愛情關係裡失去自我的空間。

第二、以為要展現交往誠意就是要把自己堅持的原則統統放下，全面透明化。明明就不希望對方打探自己過往的情史，但是當對方一而再、再而三的要求，或是軟硬兼施的糾纏時，在沒有把握、沒有自信的情況下，不禁擔心起來，心想：「對方不會因為我不肯吐實而認為我缺乏誠意？會不會懷疑我對這次感情的真心？」……結果就莫名其妙地放下自己的堅持而選擇妥協，甚至主動奉送更多的小秘密或個人隱私，連與前情人的山盟海誓或床笫私語都和盤托出，藉此證明對新伴侶的愛意，這樣的情侶關係，可以理解是為了「追求安全感」，但必須注意的是：如果只顧追求安全感與掌控感，就像舉著大燈，執意要照亮、看清對方心底的一切，彼此間的神秘感勢必會消失。這樣做不見得能得到滿意的安全感——逼愛人供出與前情人的甜蜜言語，就能增加安全感嗎？但卻會犧牲戀愛之間最重要的空間感、神秘感與吸引力。

換個味兒烹調愛

當然戀人保有隱私或神秘感也有階段性的考量。在男女雙方剛開始認識或是彼此還不是很熟識的時候，關於自己身家資料的隱私，例如：家住在哪裡、上班地點、比較要好的朋友、或是生日等等，這些重要的個人基本資料，都是應該要有所保留的。但是問題又來了，當交往過程越來越順利，彼此也越來越熟悉的時候，總不能連自己的生日都不肯讓對方知道吧？

此時此刻，這種隱私範圍就開始提升到所謂「想法的隱私」，或是應該維持一種「活水」般的互動模式。換句話說，就是不要僵化，不要讓對方覺得自己的思考模式都是固定而可預期的，而是在兩人密切互動的過程中，仍然能感覺到自己總是有層出不窮的變化，或是還有更多的驚喜寶藏可供挖掘。如此一來，原本的僵化的互動模式才有改變的可能性，而這個改變，將充滿彼此之間都無法預期的無限可能。

請注意！這裡所謂的「變化」與神秘感，指的並不是搞怪任性，也不是讓伴

侶每天受驚嚇而不得喘息，而是「能夠因應生活中的新需求，不斷展露新的創意與調適力」，讓彼此感覺在一起的每天都有新的希望可以期待。

例如，一個平常看似內向謹慎的女孩，在外調的工作機會發生時，展現出出人意料的信心，以及面對改變的興致，讓她的男友讚嘆地說：「原來她還有這一面啊?!」

自我界線與神秘互動

雖然「神秘感」是維持愛情新鮮的重要因素，但是它就像香料一樣，必須依每個人不同的口味去做微調，再依照不同的個性視情況加以應對；也不能在明知對方就是不吃辣的情況

下，卻又偏偏做出一道香辣百分百的料理要對方接受。

保持一點自我的界線，讓彼此互動所產生的改變，充滿意料之外的可能性，同時又能把信任感維持在安全範圍之內，避免過與不及的情況發生。這兩極之間的巧妙平衡，可說是戀愛達人與凡人的關鍵差異！無論如何，該如何用神秘感適度為彼此保留一點不被看透的私領域，可以避免愛情淡化成理所當然，為兩人的戀情加分又加溫。在分寸拿捏之間，唯有用心、體貼當事人、自信、尊重，才能夠掌握！

融化公主的心牆

讓女人無力招架的經典名言

在人類的發展過程中，長久以來，女性在語言方面的表達能力向來比男性好，特別是在情感的表達上更優於男性，也說得多，或許是礙於女性先天被傳統禮教所規範，在肢體動作的表達方面較為受限，例如：坐姿要端正、動作不可以太大等等……因此，很自然地產生了一種彌補作用，所以女性在語言的開發上，會比男性要強得許多。

由於男性天生就是屬於動作派、進攻型的性格，因此在戀愛時，滿腦子想的都是如何獲得佳人的芳心，才能在愛情來的時候升起得勝的旌旗，而較傳統的女性在戀愛時，往往都是躲在一道牆裡，等待著對方的到來。如果白馬王子們想要攻破城牆、擄獲芳心的話，可不是只靠橫衝直撞、兵臨城下的方式就能旗開得勝喔。俗諺有云：「力搏不如智取」——只要懂得掌握說話的技巧和最佳時機，自然就會讓公主的心牆不攻自破，芳心大開。

想要成功贏得佳人青睞，必須先記住經典名言三招式。

第一式：美美美

經典名言第一式：「外在的讚美」。例如：「我喜歡妳對我笑的樣子、妳的眼睛好迷人。」沒錯！就是這麼簡單且最常見的讚美，這些讚美的話語之所以廣受喜愛，就是因為人人都有被誇讚的需要，大家都買單，也是最基本的讚美方式。如果還不太習慣主動說出讚美人的語言的話，只要學會經典名言第一招，慢慢練習，就能夠感受到生命中有不同的變化。

「外在的讚美」是男女通吃的人際交流方式。舉個例子來說，有一個女孩抱怨她的男友有多麼幼稚，她說：「有一天，我看著他，很仔細地瞧了又瞧，然後對他說：『我真的覺得你算不上帥，但是你很有型！』」

女孩說，她覺得自己的男朋友實在太孩子氣了，竟然會因這一點小事，就氣到好幾天都不跟她說話。其實，這位女孩說的話聽在情人的耳裡，真的不算是一件小事！因為對於另一方而言，也許他（她）心知肚明，自己並不是世俗標準的帥哥或美女，但是，如果連在情人的眼中，都還算不上是俊男或美女的話，對於戀愛中的任何一方來說，都是一件會讓人心碎受傷的事。

第二式：只有我懂

經典名言第二式：「妳的心，只有我明白。」例如：「在我面前，妳不需要偽裝，也不要怕！我可以成為妳的依靠。」因為每個人反映出來的外在狀況，大多會和真實的內心世界有一定程度的反差。

經典名言第二式要表達的是：戀愛中的男女要進入到對方的內心層面，去挖掘被隱藏的脆弱層面，一旦發現那個不為人知的他或她之後，千萬別忘了要「溫和」、「溫柔」的去告訴對方：「這一切我都看在眼裡，我想好好地照顧你（妳）。你（妳）的心情只有我明白。」這些話語傳遞出來的訊息，代表著一個邀請：就是「在我面前，儘管卸下防備，請放心做自己。」對於女性來說，這是一個莫大的安慰，也是讓人安心的依靠。

第三式：全都因爲愛

除了以上兩種秘訣的主要作用之後，接著還要牢記經典名言第三式：「只有遇到妳，我才會變這樣。」例如：「真是沒辦法！我們在一起之後，才發現原來我也會為人牽掛！」肯定戀人的獨特性，讓她覺得自己很有影響力。

第三式開宗明義的點出了：「只有在妳面前，我才會變成這樣。」也就是說，只有這位女性能夠激發出你的深刻情感，對待別人不會是這樣的。人在愛情關係當中，感覺「獨特」是非常重要的，每個人都希望自己在情人的眼

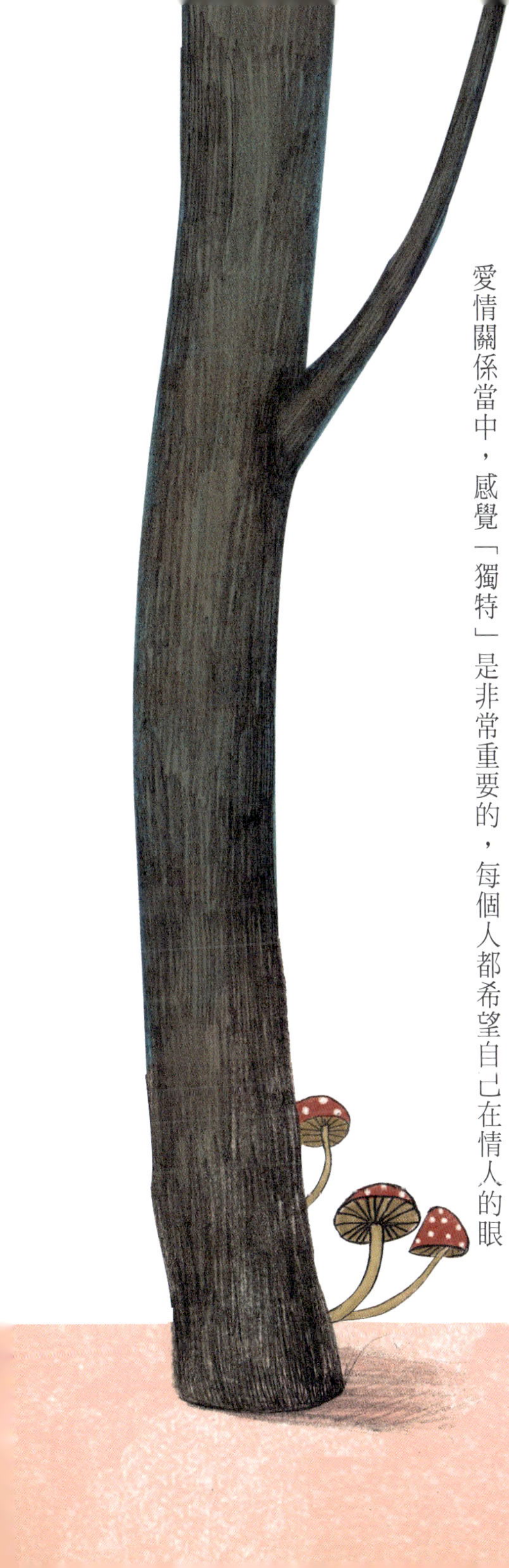

中，永遠是獨一無二、最好的那一個。

常言道：「師父領進門，修行在個人」，這三招經典名言到底能不能穿透公主的心牆，成功地擄獲芳心？最後還是取決於每個人不同的詮釋方式。提醒你千萬要牢記：一、平常不需要太多話。明明就是致命武器，卻一直拿出來獻寶，聽都聽膩了，哪裡還有致命威力可言？二、不要畫大餅。不要隨意承諾自己做不到的事，例如：「我這一輩子……」還是聰明一點，為自己留點後路吧！三、以誠懇的態度去說、用貼心的舉動去做。千萬不要淪於油腔滑調，否則白馬王子們就只能在公主高築的城牆外，黯然神傷地獨自離去。

不要只搶發球權

學會愛情的發球與打擊

俗話說「女追男隔層紗」，在以往性別不平等的社會中，女追男比較少見，會主動展開攻勢的女孩子，通常個性上預期自己可以與眾不同。

隨著時代變遷，目前女孩子主動出擊的比例越來越高了，以往「男追女隔層山，女追男隔層紗」的界線也就越來越模糊了，於是，女孩子如果要追到心儀的男生，也不再如以前想像中那麼容易。愛情當然是不能勉強的，但還是有一些技巧可言。

把攻演爲守的姿態

根據觀察，追求男性最好的方法，還是巧妙包裝自己的主動出擊，讓事情看起來像是對方主動！女孩特攻隊要注意了，針對不同的男人，務必考慮不同的對應方式。

第一型：內向木訥、專注於工作的男人。對於這類男士，需要從日常生活中潛入，要很習慣地好像每次都能巧遇。但千萬不要把自己變得好像跟屁蟲似的，以免讓對方擔心這個女人侵略性太強，將會吞噬自己的生活。

以「佈局」而言，可以不著痕跡地設計得好像每次都是不期而遇、每次就是剛好碰到，漸漸習慣一起通勤、一起吃飯、一起休閒等等。如果擔心這樣只會變成哥兒們，不妨在經過一段時間之後，打探一下對方的感覺，同時暗示自己的好感，例如，輕鬆地問問對方：「我覺得跟你相處很開心，有時候會想，不知道你覺得如何？」如果對方少條神經、渾然不覺，就可以稍微明白一點：「如果別人猜測我們不只是朋友，你覺得怎麼樣？」或是笑笑地說，「我有時會想，我們現

在這樣，算是什麼關係呢？」

通常到了這時候，這類個性剛正的男生（其他類型的男人未必如此）會很直接的覺得：他有責任為兩人的關係定位，應該要給女孩一個「正名」，或是釐清朋友的界線。當男生開始思考這個問題的時候，如果他是喜歡妳的，自然會坦承心意，萬一他的態度冷淡保守，大概不是太有興趣。此時可以考慮放棄！不過，如果仍想繼續努力的話，就得把時間線拉長，以退為進：「其實不用太大的改變，本來不就是這樣了嗎？我們順其自然就好。」讓對方覺得這個女孩並不會強迫我做什麼，換取更多相處與培養關係的機會。過一陣子再慢慢地收網看看。如果兩人相處有些開心，有些樂趣，兩顆心自然而然的就會互相靠近。

讓他覺得妳很特別

第二種類型的男人：需要新鮮感、具有好奇心的男人。這類情況下，女孩可以嘗試某種模糊跟衝突的表白，例如：可以帶著微笑對他說：「我覺得你是一個非常特別的人。」先讓他覺得，妳已經注意到他了，但是妳的話也很模糊不清，好像也不代表什麼。經過幾天之後，就用一副好像覺得他不是非常特別，若無其事的樣子，等到男人已經開始觀察，他在妳心裡到底是不是一個特別的人的時候，再回頭輕輕問一聲：「你怎麼在觀察我？」此時再把情勢反轉過來，讓對方覺得妳是有趣的，好像是讓他沒辦法一下子就搞清楚的女孩，看看對方是否對妳有好奇心。

用自信逮住萬女迷

第三種類型是：男人的條件非常好，周圍充滿了一堆女生。如果真的喜歡上這種男人，競爭勢必激烈。如此下手只好快、狠、準了！所謂的「快狠準」，就是要直接地表達自己的想法，因為，大部分圍繞在他身邊的女人都很清楚，這個男人周圍有許多競爭者，因而產生焦慮，所以，在釋放訊號給這個男人的時候，通常不會太堅定，只是帶著試探的語氣去告白：「我不敢期待太多」「你周圍美女如雲，你若看不上我，我並不驚訝」之類的話語。因為常接到這種訊息，他們也容易覺得身邊的女人都可有可無。追求這種男人，一定要展露自信，才能留下深刻印象，反轉他的想法。例如：「我知道很多女人都很想跟你交往，這不稀奇，但我是勢在必得喔！」讓他有不同的感受，或許可以創造機會。

太過強勢會嚇走保守男士

在我們的環境中，許多男人還是被塑造成習慣握有掌控權的，所以女性追求男性的方式最好不要太咄咄逼人。不要讓男人感覺被逼迫著演出妳的腳本。有些女性在追求男性的時候，會用傳統男性追求女性的方法，結果卻發現這對男生來說常常是不管用的。例如：女性比較能接受男性追求者對自己公開示愛，每當到了情人節的時候，訂束玫瑰花送到女孩的辦公室，讓她的同事都知道她有愛慕者，這種做法通常是可以被女性接受的，覺得開心或光榮，因而對關係有加分作用。

但是，如果女性用一樣的模式去追求男性，例如：有個女孩喜歡一個球隊的學長，她老是在一群人打完球之後，立刻在大家的面前為學長遞上毛巾和飲料，自以為其他球友都會露出羨慕的神情，讓學長產生飄飄然的虛榮感而更加喜歡自己。

事實上，許多男性都說：這樣的舉動會讓他們覺得尷尬！因為這會讓同儕友人認為他被一個「敢作敢秀」、擁有主導權的女孩控制了，別人可能會嘲笑他：「哎呀！就算你以後跟她在一起，也是被吃得死死的，一定會被她壓過去的。」因而覺得自己是一個沒有氣勢的男人。所以即使心裡喜歡這個女孩，也不願意在眾人面前表現出來。

凡事都有例外，當然也有一些男生不是這麼認為的，例如，對男女性別角色的定義比較開放、比較有彈性的男士，或許就會欣賞如此作為的女性。但在不了解對方之前，比較穩當的做法，還是婉轉一點比較容易給人好感，想要經營一段新的感情時，除了會發球，做個好投手，也要同時讓給對方一些發球權，做個好打擊手更重要！

熟女的α功能

姊弟戀的心理結構

雖然在愛情的世界裡，年齡不是距離，但是會喜歡上比自己年紀大的熟女這種男生，多半具有不喜歡墨守成規的個性，也不喜歡傳統男性的角色定義——抗拒那種比較剛硬、不能自由表達情感的男性束縛。喜歡熟女的男性一般認為自己跟同年齡男性不太一樣，追求的目標、欣賞的東西都與眾不同，也不容易在同儕中得到了解。

在此情況下，就會覺得去追年紀比較小的女生，是其他男人都在做的事情，所以自己不會特別有興趣；但是如果跟一個別人都想不到的女生拍拖，就會有一種跨入另外一個世界的感受，可以更放心地展現自我。

愛上「姊」字輩

喜歡熟齡女子的男人，一旦和「姊姊情人」來電了之後，通常會覺得很自在、很放鬆。不像跟小女生交往，可能需要一直去猜測她的脾氣，揣測對方說一其實是代表二，是代表不是、不是又代表是，因而心生厭煩。但是熟女比較不會做這種浪費彼此生命的事情，因為已經沒有時間再等男人去猜了，於是給的答案都是心裡想要的，直接而不迂迴。所以在交往的過程中，男人會感到放鬆，在不用防備的情況下，自然就會比較願意打開心門。

熟女在愛情關係中的致勝關鍵是，不需要再花時間去測試或猜想彼此的默契，這會讓男人覺得：自己被當作一個成熟的男人看待。

此外，熟女通常具有較多的母性特質，因而讓男生感到窩心。當男人跟年輕女孩交往時，如果偶爾心情不佳，年輕女孩常不斷追問，男人怎麼可以不把注意力放在她身上？思考方式較為自我中心。熟女的做法卻常是：感受到男人的情緒低落時，也許只會直接握起男人的手，什麼也不說，此時無聲勝有聲，讓男人覺得像是小時候跟母親在一起時，感受到的那種熟悉的溫暖與安全感。此時熟女「不說話」

代表「你的心事不用講，我懂。」這也就是心理學家所謂的一種「α功能」。

「α功能」的意思是：母親具有某種理解的能力，當小嬰兒還無法理解自己的情緒時，母親能夠代為咀嚼、思考，善解人意地知道孩子需要什麼、煩惱什麼，並且包涵、處理這些情緒的干擾。媽媽會先猜想小朋友在煩什麼、需要什麼，自己幫孩子消化掉負面的情緒，再將有用的部分回饋給孩子，幫助孩子理解「我到底是怎麼了」，讓孩子得到安定感，並起學習了解自我。這正是成熟女子與年輕女孩的最大差別。

失敗收場往往在於自尊穩定度不夠

戀愛是人生大事，有許多姊弟戀最終仍以失敗收場，大部分的原因還是卡在彼此的自尊心和成熟度的問題。有些男人以為只要跟熟女交往，對方就會把自己當成成熟的大人般對待，

馬上可以以一個成熟男人的位置和女人相處。但若這種男人從小就和父親處於敵對的關係，或是在孩提時代不被父親認同，希望藉由跟熟女交往而很快變成大人，這段戀情就很容易出問題。

例如，在經濟上如果是熟女支出，女方會以為是她在照顧男人，而男人卻感覺被女人看扁了。或是在社交場合中，熟女比男人擅長社交，身邊也許會不時出現揶揄的耳語，這時候，姊弟戀的成敗關鍵，就取決於男方自尊心的穩定度。

當男人跟熟女分手的時候，或許比跟同齡的女生分手還難受，因為被自己認為更成熟的人拋棄，是最難受的，彷彿自己被否定了。

當小女生否定一個男人的時候，男人常安慰自己：她不懂男人的好，她還不夠成熟，而且在男人的心中，往往不認為年輕女孩有評價自己的能力；但是萬一被思考、觀念都較成熟的姊姊情人否定，就很難不感覺自己差勁，會深受打擊。一方面

當初鼓起勇氣去追求熟女，就有一種反轉社會價值觀的勇氣、是一種不顧一切的真心，但是在掏心挖肺談了一場轟轟烈烈的愛情之後，竟然還是告吹，這種傷痛常讓男人的心自此封閉，不願意再用真心談戀愛。

熟女或剩女

有些熟女很迷人，但是也有些熟女讓人心生畏懼、望之卻步。那麼，如何避免自己成為令人卻步的熟女呢？很多人都會以為熟女代表的是女人的年齡到了一定的分界，因而稱之為「熟女」，但是有許多女人雖然已是到了熟女的年紀，她們的行為舉止跟內心卻是無比的幼稚，讓人敬而遠之，此時就從「熟女」變成「剩女」了。

有些期待熱戀的超齡剩女，想要趁這個時候去完成以前年輕時來不及在愛情裡完成的遺憾跟夢想，在覓得獵物的時候，不太想照顧男人，只想發號施令。年輕女孩發號施令看起來可能像在耍嬌嗔、耍可愛，讓人都會想要哄愛疼惜；但是到了一定的年齡之後，過度裝可愛或是耍任性，只會讓對方覺得妳是在指使人，或是想用權力去達到某些目的。

身旁有許多熟女嗎？保持一顆開放與溫暖的心，可以讓看似敗筆的年齡，成為難以取代的迷人優勢，轉化為美麗與智慧兼具的維納斯。

單身男人越老越值錢？

多種角度分析熟男魅力

有人說，單身男人是越老越值錢，善解人意又體貼的熟男人人都愛，如果是跟「夠格的」熟男在一起，往往會讓女人覺得自己可以從一個女孩蛻變為女人。跟人格成熟的男人談戀愛，的確有機會讓女人的潛力被發掘。

熟男的三大魅力

夠格的熟男之所以吸引人，有幾個特點：第一、熟男可以聽女人講話，不會急著表現自己。因為他對於自己的位置或是女人呈現出來的樣子，具有一定程度的信心，所以年齡稍長的男人不會像年輕男孩一樣，一直要從女孩的回應裡面去挖掘，確認自己是什麼形象。

第二、經過社會的洗禮之後，熟男通常比較會說話。例如：熟男和女友去看夜景的時候會告訴女孩，為什麼要到這裡看夜景，這裡的夜景有什麼樣的故事，具有什麼特殊意義等背景故事，跟這樣的男人在一起，想起來都比較有畫面、有感覺。

第三、熟男的交往節奏會讓女人感覺舒服。例如：有個跟熟男交往過的女孩說：「他總是會在我門禁時間結束前，提早把我送回家。」這意謂著「沒關係！我明天再來。」而不像其他年輕男孩般，非要拿走女孩所有的時間，一分一秒都要佔滿，讓女人覺得沒有喘息的空間。這些熟男特有的魅力，會讓女性感到對方要表達的是：「妳是個好女孩，所以值得我這麼對待妳。」這是會讓女人喜歡熟男重要的原因。

熟男嫩男處理事情大不同

熟男對事情的處理態度，往往也是讓女孩傾心的原因之一。有一個女孩和男友以及男方家人去吃Buffet時，女孩拿了兩塊蛋糕，但又覺得不好吃，所以就擺在桌上，最後被收盤子的服務人員看到時就提醒她：「東西吃不完要加錢喔！不然就僵持不下。

把它吃掉。」女孩聽了之後覺得很不高興的說：「我不想吃了。」於是雙方就開始僵持不下。

此時年輕男孩的解決方式通常會是：選擇自己幫女友把蛋糕吃掉，或是就賠錢了事。但有位熟男的處理方式是，用一種開玩笑的語氣對收盤子的服務人員說：「您工作這麼辛苦，不然這兩塊蛋糕，就請您包起來帶回家吧！」找出處理事情的幽默方式，讓服務人員不再刁難。

在這個例子中，熟男不會讓蛋糕進入女孩的腹中，因為女方已經堅決表達不吃的立場，若是勉強女孩吃下，好像男方是站在服務人員那邊。至於花錢解決也不會讓女孩開心，因為她會覺得沒有面子，女孩想看到的是：「男人有沒有辦法，幫我解決不能處理的問題。」

女人常希望跟著男人、依偎著對方，前方是一帆風順，所以不用擔心。若是換成年輕男孩，通常會讓人覺得靠著他，前方彷彿是槍林彈雨。這就是熟男面對事情時的魅力所在。當然，情感的成熟度並不完全是和年齡成正比的，大部分的女人總是希望和成熟的另一半交往，而不是跟個孩子氣的男人談戀愛。

眞熟假熟先看溝通

不是年紀大就代表人格成熟！在這裡提供幾個面向為參考，可以觀察一個人的成熟度：第一、「溝通能力」。溝通能力有一個很重要的指標：能不能很精準的表達自己的情緒讓對方了解？對於自己的喜、怒、哀、樂等各種情緒，都能夠很精細的、用女孩聽得懂的語言來表示。例如，如果正在生氣，是惱羞成怒的生氣，還是不安全感的脾氣；是吃醋的惱怒，還是正義感引發仗義執言的憤慨？如果男人能自己描述清楚，女人就容易應對得宜。

相反的，如果溝通能力越不成熟，表達的詞彙就越少，就像小嬰兒一樣，不論如何都用哭的方式來表達，看到媽媽回來開心就哭、肚子餓也哭、尿佈濕了也要哭。這也就是為什麼跟一個成熟的男人在一起，會讓女人有成就感——因為當熟男可以很清楚地表達自己的情緒時，女人很快地就可以用正確的方式安撫對方，讓女方覺得很有成就感，因為自己充分發揮了懂得安慰人、撫慰人的女性特質。

另外一種溝通能力指的是：試圖說明一件事情的時候，如果對方聽不懂，有沒有辦法根據對方的思考習性，趕快換一個讓對方聽得懂的方式來表達？一個溝通能力成熟的男人，跟他在一起會沒來由地覺得自己很聰明，因為他的解釋會讓女人覺得沒有跟他聊不來的話題，也沒有聽不懂的問題。

情緒穩定度是第二重點

在愛情關係當中，「情緒穩定度」也很重要。穩定度指的是可以處理情緒，而不是沒有情緒。有些人的情緒來得快，去得也快，這樣的個性並非不好，之後會如何處理，才是判斷此人是否成熟的關鍵。如果一個男人讓女人看到自己是有情緒起伏的，但只要經過溝通，他可以處理情緒，而不會陷在情緒風暴中，這樣的情緒分享可以讓關係更真實、更親密，另一半也會因為有機會提供支持而獲得成就感，這是對感情有建設性的情緒。

當然，情緒能夠維持平穩又能夠溝通就更好，但是有一種「假象的穩定」，其實是男人根本不讓女方碰觸自己的情緒，這種穩定是有距離的穩定，女性朋友們自己要懂得如何區別。

衝突時他怎樣表現

第三個是「面對爭執的能力」，也就是情緒穩定度的延伸。如果戀人之間發生衝突，特別是男人感覺被拒絕或冷戰的時候，會怎麼做？如果他用不回應來回答，或是用很激烈的發脾氣、動手動腳摔東西的方式宣洩，這兩種方法其實都是一樣的，他要讓女方沒辦法靠近。

當男人不講話，也讓妳沒辦法跟他溝通，所以摔壞很多東西，用激烈的情緒表達，為的就是要擋在兩人中間，結論還是無法溝通。會選擇用這樣方式面對的男人，大多都是屬於沒有辦法敞開內心跟女方連結的。

相反的，一個成熟的男人或許也會發脾氣，但事後會願意進行溝通，願意敞開自己，唯有如此，兩個人才能去修補或是維繫之後的關係，這才是面對爭執時該有的成熟表現。

愛情怎麼讓每個人都歇斯底里？

談戀愛也要小心地雷區

在愛情叢林當中，很多人的性格裡都存在著所謂的「地雷區」，特別是在兩性關係上，男人總是會覺得：「為什麼女人地雷特別多？」談一場戀愛好像上戰場一樣，要時時提心吊膽，生怕一不小心就誤觸地雷，引爆身亡。

有些情緒地雷，旁人聽來或許覺得荒謬無稽，卻是當事人最在意，也是最深層不可碰觸的危險地帶。例如有個女孩強調：「我非常在意吃飯的問題，我不喜歡餓，也不能餓到。有一次，到了該吃飯的時間，男友沒有主動開口說要帶我去吃飯，也許他可能當時不餓、或是在忙，但是他問都不問，讓我覺得非常委屈……後來我氣得在車上大哭！」

這是一個很有趣的例子，女孩訴說這段愛情故事的當下，彷彿還能夠感受到當時的她真是滿腹委屈。但是，這個時候其他人卻用一種不太能理解的眼神望著她，心裡似乎想著：「這……有這麼嚴重嗎？」

主動去發現地雷

人心最奇妙的地方，就是總會有令人意想不到的地雷埋伏其中。有時候，非要在對方誤觸地雷之後，才讓他恍然大悟，「喔！原來，這是個會引爆的點。」卻不願意在對方快要踩在地雷邊緣時，開口警告：「小心！你已經踏入地雷區囉！」

為什麼會這樣呢？因為想要對方「主動」地發現，而不是「被動」地配合。其實這個女孩大可以在用餐時間，直接要求男友和她一起去吃飯，這樣，也許男友就不會因此而誤觸地雷，被炸得滿頭包。但是對女孩來說，如果主動開口要男友帶她去吃飯，會擔心對方是不是不想吃？或是還不餓？那是否就變成是自己要求對方的配合，而不是男友自動自發想去做這件事？

通常會有這樣性格的人，多半在面對其他的事情上是一個非常隨和，也很願意配合的人，但有時候卻有一個點、或是一件事情，就會成為她們心中每次碰觸必爆的大地雷，因為那是她唯一拿來檢驗男友的指標。也就是說，當她在其他的事情上都如此隨和並且配合時，只會要求一件事，但是，如果男友卻連這一件事都達不到。那麼她們就會想：「要如何去感覺你其實是在乎我的、你對我是用心的？」

地雷是檢視自我的好幫手

對於具有隱藏地雷性格的人來說，如果事情的發展不如其意，她就會覺得自己不被在乎，甚至是沒有存在感的，那就更不可能直接去跟男友開口說出她的要求。因為已經覺得自己不被在乎了，如果還厚著臉皮去跟男友說，那豈不是更羞辱自己嗎？

其實，每一個人心中都有地雷禁區，有時候連自己都不知道埋在什麼地方。能夠精準說出自己地雷區的人，就比較好處理，對於無法說出地雷埋在何處的人，因為劃不出「地雷範圍」，一旦不慎被引爆的時候，往往傷亡就更加慘烈，

換個角度思考，地雷可以成為檢視自己的好幫手，試著找出每個不同的地雷會讓自己聯想到的意義是什麼？而不只是地雷產生的感覺。例如：飢餓感代表什麼？會讓人聯想到以前曾經發生的哪些事？例如：有些人一旦產生飢餓感，就容易會勾起小時候曾經動盪不安的感覺。只要找出自己與地雷對應的連結，解除地雷背

後的恐懼，那麼地雷範圍就有往下修正的空間，也許下次不小心引爆的時候，就不會再是非死即傷的局面了。

妳的眼光很三角？

吃醋撒嬌和疑心病的差別

讓許多男人受不了的一種狀況是：「女人的疑心病怎麼會這麼重？」這究竟是在捍衛愛情，還是摧毀愛情？在談戀愛的時候，小小的吃醋是一種甜蜜，會讓戀情增溫，但若演變成疑心病，可能就會把對方逼得離自己越來越遠卻還不自知，誤以為這是維繫感情的一種方式。

雖然現代社會日趨多元化，但多半人還是有一種根深柢固的觀念：如果男友或是先生跑了，女人總會是吃虧的那一方。很多女性會覺得，萬一她的另一半真的跑了，那自己的地位、青春、保障，甚至是未來統統都消失了！所以女方就會很積極的去捍衛這一份感情。

其實如果角色互換，當男人吃醋，開始查女人的勤時候，殺傷力往往會比女人來得強很多，使用的手法也會更極端。容易吃醋疑心的人，往往具有一種特別的人格特質。

習慣用三角形眼光檢視別人

建議女性朋友們不妨檢視一下自己，是否常用三角形的眼光去看待人與人之間的關係？所謂的三角形就是：一個人會很習慣用一個比較的眼光去檢視人際關係，覺得妳的朋友和另一個朋友，她們的感情好像比跟我還要好？或是，她們根本把我排除在外？有些經常用三角形眼光檢視別人的人，可能是因為從小在家裡就經常出現這樣的三角關係。

例如：父母常常吵架，讓子女害怕自己控制不了，會覺得自己是否也該做些什麼事情，才能維繫好家庭關係，因而形成一種非常害怕那種被摒除在外、插不了手的感覺；或是在兄弟姊妹之間，媽媽比較疼愛哪一個，導致其中一個孩子在日後的人際關係中，只要看到自己的朋友跟別人的友誼好到多於自己，就會渾身不自在。對於具有這種人格特質的男女，很難讓人去向他（她）要求空間，因為這是一種心

病，很難用常理去解釋或說明。

秘密男令女人不得不疑

此外，也有一種會讓女人不得不起疑心的男人。這種男人喜歡故弄玄虛，明明沒有發生的事，也會搞得一副神秘兮兮的模樣。這與男人小時候的成長環境也有很大的關係，如果他有一個控制慾很強的父母，或是在這種的家庭氛圍中長大，他就會非常討厭那種「有個人無時無刻都要吞掉自己」的感覺，於是就會故作神秘。本來只是去跟同事吃飯喝個小酒，他的回答方式卻讓人感覺他是不是跟別的女人去約會了？然後把女友煩得緊張兮兮，如此一來，在他的心裡產生一種滿足感：「我擁有妳不知道的事情！」

每個人都不喜歡被調查的感覺，因為會感覺不被信任或被懷疑。但是再仔細去想想，當自己感覺對方似乎有些不對勁了，很少是一開始就從具體的事情裡去發現的，而是在兩個人的互動過程中，突然感

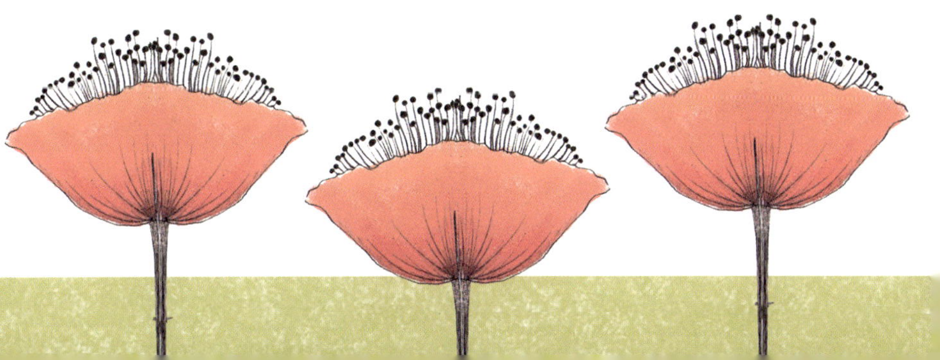

覺哪裡不對了。所以，其實不需要做很多查勤的動作，也不需要讓自己失去尊嚴，甚至到了連自己都討厭自己的境地！

信任與懷疑的平衡

其實，有自信的女性朋友都知道：最強的感應器就在自己的腦袋裡，不需要外在的證據，不需要查手機帳單，更不需要看購物發票或查對方的電子信箱，心裡自然就會很清楚地知道，感覺不對，就是有問題的時候。

換句話說，就算沒有查到任何東西，只要感覺不對，就是不對！對方不一定做了什麼背叛自己的事，這不是重點。重點是原本的親密感已經沒有了，就算他身邊沒有其他人出現，手機裡也沒有任何曖昧簡訊，但就是可以讓人清楚地感受到：在兩人的關係裡，那個重要的親密感已經不見了！這才是令人害怕與擔心的關鍵點，不是嗎？

所以，建議大家還是回歸到專注於兩人的互動上面吧！如果這段關係已經失去了信任感，那就是出現問題了，此時戀人們應該正視這個問題，想辦法去面對和解決。

可惜大部分人無法正面處理「信任感」的問題，只能緊抓著「犯罪跡象」窮追猛打，例如：「你的手機簡訊怪怪的，你和那個人有問題吧？」用這樣的方式往往是在逃避真正的需求與表達，這種做法常讓對方不理解真正的問題在哪裡，於是便回答一些氣人的話：「我跟別人有沒有傳簡訊，對妳我之間並沒有影響啊！」坦白說，這種轉移法通常是無效的，也是一種焦慮的表現，覺得自己無法獲得真正的親密感。

過度的疑心確實是一種心理問題。如果男女雙方能夠建立起自信，用正面的態度去談維持愛情關係的品質，會比使用破壞性的手法去捍衛愛情來得更完美。

可不可以遙遙相愛？

遠距離戀愛的三高三低

有人說，世界上最遙遠的距離，就是明明站在心儀的人面前，對方卻不知道「我愛你」。不過「遠距戀愛」和「對面戀愛」那種單戀，是絕對完全不同的兩件事。遠距戀愛多了一種距離的美感與刺激，不是人人適用。若想要維持平穩的遠距離戀愛，至少要符合「三高三低」的條件。

三高讓情人雖遠卻依然甜蜜

第一、「高安全感」：在一段遠距的感情關係中，很少有機會看見對方，必須具備相當的安全感才能維持下去。如果情侶們需要時時想辦法掌握對方的行蹤，那麼建議你，還是考慮換個距離身旁或住家近一點的伴侶比較好。

現代科技發達，遠距戀愛高度仰賴視訊溝通，但是高科技或多或少還是會有時間差。對於心思細膩的人，遠距離的時間差就容易造成干擾，使得情人們不容易察言觀色，從表情解讀對方的心情。當人們對著螢幕說話時，臉部細微的表情變化無法完全配合說話的速度。例如：當對方口中說著「我愛你」，但是表情卻遲了幾秒鐘才傳送過來，感覺就不像面對面講體己話時那麼濃情蜜意了。有不少情侶在面對面談話的時候非常甜蜜融洽，但若透過長途電話或視訊溝通，就會產生莫名其妙的感覺，但又說不出來問題出在哪裡。

在這種狀況下，缺乏安全感的人容易覺得對方的態度不夠積極，開始懷疑感情是否疏遠或冷淡了？萬一網路速度出了問題無法順利連線，此時用視訊溝通反而可能釀成一場災難，還不如立刻下線，透過電子郵件傳達心意或許會好一點。

第二、「高想像力」：因為情人沒辦法經常在身邊陪伴，所以使用電話或網路談戀愛時，必須運用大量的想像力，把聲音或文字具象化，營造出對方好像就在身邊的感覺。例如：兩人在即時通訊上見面時，對方傳來：「晚安！寶貝」附加一個嘟嘴親吻的卡通圖示。此時看到的人可能會感受到一陣酥麻，就像真的被親吻了，但是有些人卻連一點感覺都沒有。據說在遠距戀愛中如魚得水的人，就是會擅用想像力平空體會，甚至擁有高滿足度的親密關係。

第三、「高穩定度」：個性和情緒穩定度高的人，就算和情人許久才見一次面或通一次話，間隔了一段時間之後，下次聯繫時仍能銜接起親密的感覺。如果情人的性格或情緒不夠穩定的話，在每次聯繫的空檔之間，心緒起伏過大，就容易干擾先前相處時儲存的記憶，等到再次聯繫時只覺恍若隔世，一點也不夠親密，很容易就會在孤單感中琵琶別抱，另尋他歡。

三低讓情人安心自在

想要談一場遠距愛情的人，除了「三高」之外，還要具有「三低」的條件。

第一、操縱慾低：操縱慾強的人，喜歡要求情人做東做西，最好一切都按照自己的意思完成，而且越快達到越好。如同操控傀儡般，可以立即驗收情人受到擺弄的反應——只要拉動一根線，對方就往右轉，動另一線，就往前走。這類需要在關係中「操偶閱兵」並感受自己影響力的人，非常不適合遠距戀愛，天曉得遙遠的情人在離線或關機之後，是否依然隨著自己的指令起舞呢？

第二、誘惑度低：如果戀人們雙方周遭的誘惑都很多，經常有人主動示好或猛獻殷勤，恐怕遠距情感終究不敵近水樓台的情意牽引。

第三、依賴度低：舉凡工作壓力、人際困擾、特殊節日或生病就醫，都要習慣獨立完成，不能總是期待有人接送或陪伴，或是在緊急時刻必須填醫院的各種同意書、過節的時候有人陪伴吃飯。依賴度低並不是不能夠想著對方在重要的時候陪在身旁，而是最好要學會降低這樣的需求，因為在遠距離戀愛裡，這樣的期待在現實生活中是無法被充分滿足的，所以就要學著調整自己，提高獨立性，才能談一場成功的遠距離戀愛。

妥協與接納是重點

遠距離戀愛需要格外用心維繫情感，其中還隱藏著另一種考驗。當戀人的關係從原來的遠距離戀愛，一下子要轉變進

入婚姻生活時，或是終於有機會靠近的時候，此時由遠到近的轉換困難也就跟著出現了。首先要注意的是，當距離遠的時候，雙方還保有很大的空間，當兩個人要開始在一起生活時，原本的大空間就會被急速壓縮，很多原來沒有注意到或是檢視到的問題，都將一一浮上檯面。

例如：以前兩人在講電話的時候，上身或許打扮得光鮮亮麗，但是下半身卻穿著邋遢；或是講電話吵架時，對方只聽得到憤怒的聲音，卻看不到氣得快要冒煙的表情。如果真正開始交往之後，很多對方原來不知道，或是從來沒見過的面貌就會逐漸

露出馬腳，此時就會產生幻滅感。因為雙方都會發現，原來對方跟自己期待與想像中的形象是有落差的。

當兩人之間的相處因為距離拉近而出現問題時，有些人可以進入到真實的理解，接受對方的落差，最終需要的是妥協與接納。另外一種情形是，當原本距離很遠不在身邊的人，突然闖進了自己的真實生活後，和身邊的人就會出現磨合期。例如：以前談遠距離戀愛時，面對的只有小小的鏡頭，所以只要覺得對方好看就可以了，或是只有兩人相處就好了。但是當對方進入你的生活圈之後，朋友們就會開始評估、仔細端詳，當其他人的想法也加入了兩人世界當中，就會需要有新的適應與相處方式。

有些人談戀愛的時候，是抱持著期待對方進入自己世界的心態，這樣的人會覺得，談戀愛是在自己的世界裡加入一個人，自己並不需要改變，但這在兩人的關係中是很難達到的。因為談戀愛應該是雙方都離開自己本來的區域，共同開創一個新的生活場域。

在這個世界上，很難可以找到一個人願意放棄自己原有的生活圈，投入情人的領域，照著對方世界裡的規則去過日子。既然如此，當遠距戀愛變成近程感情的時候，就是真正踏入彼此的生活了，此時雙方應該試著把遠距離的空間轉換成近距離的彈性，去接納從螢幕裡跳出來，現在就坐在自己身旁的情人，才能讓在這一段戀愛關係裡好不容易累積已久的情感，不會因為距離的變換而耗損，而是更加具體而活躍！

CHAPTER 2
緩和還是磨合，總之問號連連???

- 愛並不沉重，只是要適時地表達、適時地說出口。
- 對於無法控制的戀人，如果越是堅持要等待對方，就會成為一種更強烈的捆綁。
- 如果不願意正視導致走入倦怠期的主因，就算邁開大步走進了下一段感情當中，最後還是可能會面臨同樣的狀況。

絕口不提我愛你

拒絕承諾的真實原因

當青春正盛，愛情來的時候，一旦和情人膩在一起，就會覺得說「我愛你」是一件輕而易舉的事情。但是，隨著年紀增長，戀愛的經歷越來越多，許多人反而開始覺得「我愛你」這句話變得很沉重。它就像結婚證書一樣，是需要負責任的，是在某種程度上的肯定，也是一種承諾，所以就有越來越多的戀人害怕說「我愛你」，擔心自己背不起這句話背後的責任。

其實，當我們開始承認自己愛對方，說出「我愛你」的時候，內心已經開始了兩個活動：一種是現在把我的愛捧出來給你，它代表著我最珍貴的東西，把愛捧到你的面前，等待評價。此時是把自己暴露在一個非常焦慮的位置，萬一捧出來的稀世珍寶被當作不值錢的東西丟掉，那該怎麼辦？而這樣的舉動，對某些人來說是一種冒險，當他要把自己的心交給對方的時候，如果能力是不夠的，就會覺得自己給出去是被掏空了，通常這種性格的人會認為：「萬一我把這麼多的情感投到你身上，心裡面是否就空了？人生會不會從此就失衡？」所以不願意做出全心交託的承諾。

此外，還可以檢視自己在愛的背後，附註了哪些條款？條款越多的人，這份愛就越沉重，也就更難說出口，這不只是對別人難以承諾，而是對自己也很難承諾。

接下來就是，一旦說出了「我愛你」之後，就處在一種「你要不要回饋我？是不是愛我？」的狀態，既然已經給了承諾，你要拿什麼來交換？這也是把自己擺在一個很焦慮的位置。如果今天你不回應我，我的需求就沒有被滿足，那該怎麼辦？那麼這種不回應的態度，可能就變成事實了。

如果今天沒有直接明講「我愛你」，只是停留在曖昧階段，萬一對方沒有做出回應，還可以安慰自己：「因為你不明白我的心。」但是，如果把心都掏出來了，卻還是得不到回應，就沒有說服自己的空間了。因此，會如此焦慮的人也就更難把愛說出口。

我愛你代表一種責任

曾經遇過一個絕口不說「我愛你」，也拒絕別人說「我愛妳」的女孩。她認為：「愛是一種責任，我覺得講了我愛你之後，這輩子就不能改變。所以，如果男友跟我說我愛妳，通常很快就會跟他分手。因為我會質疑他有辦法負這麼大的責任嗎？而且我會覺得我沒辦法給他相同的愛。所以，在他說愛的時候，我就會拒絕他。最後就選擇走開，因為我沒辦法負這樣的責任，自己都還沒準備好，要怎麼對他負責？」

這個女孩對於說「我愛你」有一種強烈的排斥感，後來她提到自己的成長背景：「我和妹妹是雙胞胎，妹妹因為外力的因素，導致聽力障礙，從小父母就給了妹妹很多的愛，但是我卻很少得到。所以小時候我總是會覺得父母很偏心，有一次我問媽媽：『為什麼你們都那麼偏心妹妹？』得到的回答卻是：『世界上有哪一個人的心不是偏的？』從那次之後，我就知道，再也不要去跟任何人要愛了。但很奇怪的是，我的父母雖然沒有給我很多的愛，他們彼此卻非常相愛。」

從女孩的故事當中可以看出，她覺得愛的責任非常重大，因為小時候的經歷讓她感覺匱乏，自己沒有得到愛。其實「愛」對女孩來說是很重要的，她認為說了「我愛你」就不能改變，她會把愛看得很重，而且非常珍惜；基於對愛的責任感，她很害怕會去傷害一個愛自己的人，一旦做了承諾，就想極力去保護，結果反而受不了如此的沉重壓力。當對方真的愛她，而她卻給不出等值的回饋時，她只好拒絕對方，她覺得只有這樣才能保護對方。

在女孩的潛意識裡，妹妹因為聽力障礙得到父母比較多的愛這件事，對於還是小女孩的她來說，沒辦法容許自己去嫉妒妹妹，只能感覺困惑。女孩的內心深處很想擁有父母給妹妹的愛，卻有一個強大的家庭和道德力量在提醒她：「妳是姊姊，而且妳的耳朵聽得到。」因而在內心藏著無法處理的痛苦和疑惑，成年後，變成一個在愛裡面的「聽障者」，一聽到愛，她的心門就自動關閉了。

因爲給不起所以不接受

這是一個很痛苦的認同，身為一個雙胞胎的姊姊，一方面心疼妹妹，但是另一方面又承受著愛被剝奪的痛苦跟嫉妒，卻沒辦法去恨自己的親妹妹，種種複雜的感受都作用在自己身上。

在這樣錯綜複雜的情緒事件裡，最重要的訊號就是「愛」。記得跟這個女孩談別的事情的時候，她的耳朵是打開的，但是只要一講到「愛」，她就出現障礙了。當女孩遇到一個真心愛她的男人，對她說愛的時候，她不知所措，並且對自己說：「我是一個負責任的人，我給不起同樣的愛，所以也不會接收你的愛。」

同時，女孩也可能會在那個愛自己的男人身上，看到當年還是小女孩的自己。當這個愛她的男人說出「我愛妳」的時候，女孩覺得他是在需索，這種情況就像她當年渴望母愛一樣，因此也不知不覺地陷入「一個索愛、渴愛的人，應該要被拒絕」的記憶。她把孩提時代的經歷，不由自主地重複在真心愛她的男人身上。

一個真誠愛女孩的男人，會喚起她內心的共鳴，因而引出那個當年的自己，想起當時的感覺，然後再把這樣的感受複製在男人身上，一直重複那個自己無力控制的部分。

父母的態度影響很大

談到了最後，女孩提到爸爸和媽媽的關係是很親密的，但是並沒有那麼愛孩子，這也影響到她與一個男人結合的心理能力。其實女孩對於男女相戀的這件事，是有排斥感的，因為她的父母十分相愛，但是孩子卻沒有得到足夠的愛。所以當要她去接受一個男人的愛的時候，心裡自然就會排斥這樣的結合，因為對她來說：「一對相愛的男女」，就代表有一個小孩會被冷落，如果這些心結尚未解開，就很難進入到成熟相愛的關係。

如同這位女孩，每個「不肯說愛」或是「害怕說愛」的人，背後往往有深層的理由，只要設法找出那個原因，也許就會發現要說「愛」不再是那麼難的事了。

愛並不沉重，只是要適時地表達、適時地說出口。

別讓他窒息

自願來的才是愛

不願意安靜的三種原因

在互動緊密的愛情關係中，當兩個人共同處在一個空間的時候，有些人就是沒辦法接受另一半不說話的沉悶感。為什麼無法忍受沉默呢？

第一種原因是「對注意力的需求」。有些人會問情人：「你怎麼了？在想什麼？是不是心情不好？」其實真正想表達的是：「你怎麼可以有一秒注意力不在我身上？不想我的時候，都在想什麼？」

第二種原因是「真的關心對方」。在你儂我儂的熱戀期過後，另一半常常沉默，是不是有什麼問題呢？此時該小心選擇切入關心的時間點。有時候另一半突然不說話，只是想暫時冷靜一下，讓自己放空一下，如果這個時候還一直追問，就很

容易讓對方惱怒厭煩，原本只是想一個人安靜沉澱思緒的心情，卻被反覆追問弄得更加心煩意亂，而不小心掃到颱風尾的情人一定感覺自己很倒楣，結果彼此都不開心。

第三種原因是「對自己感到不確定」。有些人必須透過別人的話語或反應來確定自己，因此會不斷地問問題。例如：當男朋友突然不說話的時候，女方就沒辦法確知目前的情勢和狀態，男友是否不喜歡我？會不會覺得哪裡不對了？從心理發展的角度看來，對自己感到不確定的人都面臨了一個共同的困難：與他人的關係沒辦法固化，對缺乏確定感的人而言，人際關係就像握在手中的沙一樣，隨時都在流失。所以，分分秒秒都要檢查一次。

講清楚需要安靜的原因

如果你的伴侶是個無法忍受沉默的人，該怎麼辦呢？為了要在正確的時間做出有效的回應，首要之務就要學會如何區分不同狀態加以應對。面對迫切需要注意力的另一半，如果你只是單純地說出自己需要安靜的理由，例如：「我想好好看部影片。」這樣的回答很難讓對方滿意，甚至會使人更加生氣，因為對方要的就是注意力，就是不希望你自己看影片！

對於這樣的伴侶，必須更耐心地說明，清楚的讓對方知道：「我現在沒有多餘的力氣去照顧你，我需要休息和沉默，請給我一點時間（最好說出明確的時間）休息，等我恢復了之後，會主動回到你身邊。請不要擔心。」

如果真正關心自己的伴侶，就必須花時間讓對方明白自己需要空間的真正理由，幫助對方了解自己的心情和個性，如果只是逃避又不說明，對方只會更加緊迫釘人，更愛追問。

誰愛誰多不必追討

有些女性朋友可能會習慣性地對另一半說：「我覺得，你愛我沒有我愛你多。」其實，在女性內心深處期望得到的反應卻是：希望對方因為妳愛他這麼多，因而更愛妳，讓彼此的關係更加融洽。雖然出發點是好的，但這種說法造成的效果卻恰恰相反，因為這種話就如同在無形中催眠自己的另一半，讓對方相信他真的愛妳比較少！

可惜的是，女性朋友們通常誤以為，只要說出這句話，對方就會表示：「哪有？我也很愛妳。」事實上，這常常會讓對方覺得他被需索強討，許多男人特別不喜歡這樣。

積極的獎勵勝於消極的懲罰！大家都喜歡被鼓勵，其實男性朋友寧可被正面要求，而不喜歡被質疑。女朋友的口頭禪如果是「你根本不想給我愛吧？看！我給你這麼多，你卻給得比我少。」男友大多會覺得很反感。

凡事萬物相互效力，也是彼此尊重相互對應的，如果你的另一半不斷地討愛，或許也代表著你有讓對方不得不這麼做的個性特質。總之並未讓伴侶產生足夠的安全感，或是缺乏溝通的能力。

捆綁造成反效果

捷克作家米蘭・昆德拉在名著《生命中不能承受之輕》中寫過一個夢境。女主角夢到自己住在墳墓裡，每天等待她的愛人來探訪。只有愛人來的時候她才會高

興，但其他時候都因為寂寞與思念而日漸憔悴。然而，男人來探視她的頻率越來越少，她知道他跟別的女人在一起，她在墳墓裡沒有生活可言，每分每秒都在等他，越等越憂鬱，越等越不成人形。當男主角好不容易來看她時，很不喜歡她難看的樣子，結果就更久不來看她了。而她只會越來越糟糕。

如此的惡性循環，述說了等待愛情的無奈。對於無法控制的戀人，如果越是堅持要等待對方，就會成為一種更強烈的捆綁，期待越深，雙方的壓力就越大，如果沒有自己的生活，無法活出自己的光彩，戀情只會更稀薄，而自己也會變得越來越痛苦，越來越不可愛。

當對方明白的告知：「不要給我壓力，我自己會回來」，或是「我只是要一點小小的空間」，此時必須要先設法把自己從捆綁的執著中釋放出來，不要讓自己的心住在墳墓裡！好好維護自我的價值，不要把自我價值建立在綁住或是佔有對方的想法之上，不要讓別人有機會把自己折磨得死氣沉沉，不但不可愛，還惹人嫌。誰會喜愛一個死氣沉沉、枯槁悲慘、讓人無法輕鬆的伴侶呢？

戀愛四週期

愛是無止境的惡性循環？

當愛神降臨的時候，總是讓人又期待又怕受傷害。在每一段愛情故事裡，每對戀人都會有不同的歷程和週期，時而高低、有上有下。有時候，我們也抓不準自己的戀愛週期性為何，更何況要去理解或是配合身旁的另一半。正因如此，有時候會面臨到一種情況是，當一方準備投入一段感情時，對方還處於預熱階段，等到熱度夠了，這方卻早已冷卻了……戀愛的週期生衰，到底是怎麼回事？

熱戀期一切美好

在兩人剛開始交往的初期，前半年還是在認識與了解對方的階段，此時雙方都是帶著好奇與充滿新鮮感的眼光看待彼此。在戀人的眼裡，一切都還是處在完美的狀態，所謂情人眼中出西施，無論對方做什麼都能夠包容與理解，鋪天蓋地的熱情讓人根本沒有心思和時間去端詳對方真實的樣貌，就是「熱戀期」了。

等到大約六個月的熱戀期之後，就開始準備揭開戀人的另一層神秘面紗，彼此越來越了解對方的日常習慣與生活模式，這才是開始真正的認識彼此的時刻，也才開始意識到，原來雙方存在著許多差異。有時候甚至會發現到，總是每天朝思暮想的情人，怎麼跟剛開始交往的時候不太一樣？大約等到交往一年過後就會發現，自己過去一年來全心投入感情生活，因而讓家人、朋友、哥兒們、姊妹淘被忽略或冷落了。到了這個時候，大多數的戀人們通常會想要平衡一下，試圖恢復與他人的關係，藉此彌補過去一年來的疏忽，因而在戀愛的時間分配上開始重新洗牌，到了這個階段就進入了「緩和期」；此時情感就會維持在不高不低、不冷不熱、不疾不徐的穩定狀態。

第三年往往進入評估期

當兩人的戀情邁入第三年的時候，一般已經進入了「評估期」。評估期通常是從第二年就開始醞釀，因為經過了前面一年的相處與觀察，就會發現情人有許多和自己不同的地方，有些甚至是自己不喜歡或是難以接受的地方。

在此期間，就會開始試著旁敲側擊，去試試看對方是否有改變或調整的可能，因為，這關乎著未來是否存在發展的可能。

如果這時候在對方的身上找不到邁向未來的可能性，那麼，外在的機會就會成為兩人能否持續下去的重要關鍵！如果此時出現了另一個對象，就會被列入評估的選項裡，代表著未來的另一種可能。

倦怠期是分手高峰期

「評估期」之後伴隨而來的就是「倦怠期」，要注意的是，感情一旦進入倦怠期，也就是進入了分手的高峰期。當熱戀期退燒，兩顆火熱的心暫時冷卻下來的時候，戀人的關係就會停滯不前，沒有繼續往前的動力或想要有所改變。例如：明知道彼此之間存在著需要解決的問題，或是需要改變的事情，兩人卻都不願意主動修復或稍微調整，或是卡在一個問題裡不上不下卻也不想面對。例如：對於情人已經沒有戀愛初期的感覺，所有女孩子想聽、想要的，男方卻擺明了不說也不做；偏偏是女孩子最討厭的事情，男人卻不顧一切地去做，讓女方對他的感覺越來越少、越來越淡。但是女方通常卻還是選擇當個悶葫蘆，不說話也不願意溝通。

把自己關起來生悶氣是沒有幫助的，面對擺在眼前的問題，如果不想主動突破又很想找到出口的時候，很容易就會選擇把眼光轉向去看別人，尋找另一個新的可能。後來就會產生：「戴著放大鏡去檢視另外一半，然後，蒙著眼去看外面的新對象」的鴕鳥心態。可以想見，這是一個不公平抉擇，當戀人的其中一方在蒙著眼的狀況下，外面的約翰或瑪莉，永遠都會比原本在身邊志明或春嬌還可愛。

下一個戀人真的會更好嗎？一旦愛情從高峰走向了低谷，在戀愛的倦怠期會因為新對象而匆匆分手的人，如果不願意正視導致走入倦怠期的主因，就算邁開大步走進了下一段感情當中，最後還是可能會面臨同樣的狀況。如果真正的問題沒有獲得妥善解決，當感情再度進入下一個倦怠期，就會上演無止境的惡性循環，分手只是用來逃避問題的一種方式。

面對愛情每個階段的不同課題，每個人都需要保有面對的勇氣，唯有正視並有效處理其中的每個問題，才能在經歷有高有低的戀愛週期時，安然度過每一個考驗。也會因著一次又一次的愛情週期與階段，讓彼此更加了解，而不是在每段戀情遇到了倦怠期的關卡之後，只能以分手的方式收場。

女人的問題，處處是陷阱

男人就是搞不懂問題背後的問題

男人可能永遠都不明白，女人是一種很愛問問題的特殊生物。「情人、工作、朋友和家人，你會怎麼排名？」、「你覺得林志玲比較漂亮，還是我？」大部分的男人應該都曾被情人問過類似的問題。一旦遇到這種沒有標準答案的考題時，腦袋就陷入一陣膠著，光是要思考該如何回答就已經夠頭痛了，沒想到講出一個自以為可以安全過關的答案之後，主考官還是不甚滿意，萬一不小心擦槍走火，還會演變成以吵架或冷戰收場。主要是因為男人並沒有聽懂，另一半真正想問的是什麼？

掉進陷阱很難爬出來

有一個女孩曾經用迂迴提問的方式去試探男友：「你是不是覺得我的某個朋

友，長得很漂亮，身材也很好啊？」如果男友不假思索地回答：「不錯啊！」當心女友就開始不高興了。

男人們經常想不透的是，為什麼女人的問題總是充滿了陷阱？有時甚至是刻意挖個洞讓自己跳下去。其實大部分的問題陷阱裡面，還是藏著許多女人真正想要的答案，只是男人並未聽出女人話中有話的玄機。例如當女友問道：「你是否覺得我朋友的身材很好，很漂亮啊？」此時她真正的問題是：「其實我沒那麼有自信，跟朋友比起來，我自知條件不如她，世界上有這麼多漂亮的女孩，你是不是因為追不到她們才跟我在一起？如果有那麼一天，你的身價水漲船高時，會不會就不要我了？」這才是女人真正想問的。

也許有人會說，其實女性朋友們可以直接表達出這一連串的問題，如此一來，男人就可以針對問題回答，例如：「我愛妳並不是只因為妳的外表。」讓男人可以順利過關，而不是說出：「妳的朋友很不錯啊！」這種會讓女人火冒三丈的答案。

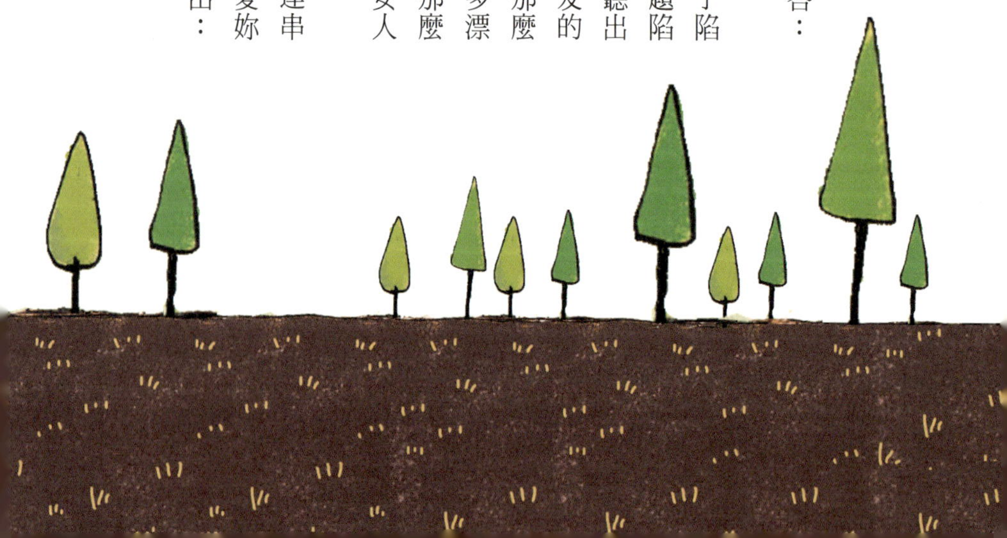

不明問是怕丟臉

女人通常不選擇明說的原因是：萬一講得這麼白，最後卻沒有得到正確的答覆時，就會很丟臉，所以才會選擇把簡單的問題包裝得很複雜，讓男人在難解的問題迷宮中迷了路，說出錯誤的答案也找不到出口。如此一來，萬一男人給的答案是錯誤或是自己不要的答案，才有理由安慰自己說：「他其實還是愛我的，只是我的問題太過複雜、太難了，他才會答錯。」如果男人說出了正確答案，那是再好不過；萬一回答錯誤也沒關係，模稜兩可的問題反倒可以讓自己有個台階下。

在面對女人拋出需要肯定自己的問題時，例如：「你有多愛我？你為什麼愛我？為什麼你會選擇我？」男人通常覺得難以答覆的原因是：「如果我說妳是世界上最美的，妳就會相信嗎？如果我不說妳是最好的，妳也會生氣。」致使男人們對此類問題感

到十分猶豫。

遇到這種問題時，建議男人還是要有所回答，不要逃避。但是問題太難或感覺答案違背良心太多時，不一定要直接回答，可以轉個角度，想想女友或老婆多麼看重我，竟然這麼需要我的肯定！此時就比較容易生出一種不捨而心疼的感覺，也能巧妙地回答：「謝謝妳在乎我，謝謝妳這麼重視我的評價。」這就可以讓女人覺得自己是被肯定的，既然她是你獨一無二的寶貝，何須與他人排序爭寵呢？

女人的問題訓練男人的智慧

女人之所以愛問問題，只是想讓男人知道自己的心意，希望自己「為什麼要問你」的心意能夠被理解，而且女人只會針對愛自己的男人提問，不會冒險去問一個對自己沒有心的男人。如果女人早就知道，自己在男人的心中已經沒有地位的時候，是絕對不會發問的，大多是在有把握的情況下才會開口，可是男人卻常常認真地回答，誤以為女人是真的想尋找問題表面的答案。

男人們不妨多用一點心去了解，女人問問題背後的動機，只是想讓你知道她很在乎你。對於一些關於未來以及需要做出承諾的問題，例如：「你會愛我多久？」男人往往會覺得沒有把握，所以不願做出承諾，其實就算不願承諾永遠，也可以換個方式來說：「未來會不會愛妳，要看妳是否還需要我！萬一有一天我不再能給妳幸福，我會不敢愛妳。」這樣的說法並沒有強許承諾，但聽起來卻很誠懇。用意是讓情人明白，不輕易回答未知或攸關未來的問題，是因為不確定自己能不能給得起，並不是因為對她態度不認真，而是非常認真！

想要當個有智慧的男人嗎？首先要學會聽懂女人的問題，才知道該如何回答。下次當情人再問出一些可能讓自己掉入陷阱的題目時，千萬不要覺得「怎麼又來了」，而是該感謝對方又給了自己一次練習答題、提升功力的好機會。

叩叩叩，請問秘密在家嗎？

女人瞎想瞎問，男人多說多錯

女孩子通常喜歡以「交換秘密」來交朋友，認為這是交心的過程，但是大多數的男人並非如此，所以當女友開始想知道男友小秘密而提問的時候，兩人之間的關係會因為坦白回答問題而趨於平穩嗎？還是將彼此捲入更大的風暴中？

為什麼有些女人總是習慣追問男友過去的情史呢？不可否認的是，女人提問時確實存有相互比較的心態，但是男友對於過去羅曼史的陳述與反應，才是女人想要觀察的重點。因為此時女方可以從男人回應的態度中，嗅出自己目前對情人的影響力和控制的權力有多大。

三種答案的優劣

男人們切記，在回答問題的時候，說出事實的真相固然重要，但更重要的

是，處理這個問題的心情與態度。例如：A女在旁敲側擊之下，得知A男的前女友的廚藝精湛，自己平常卻很少下廚，也不太會做菜。有一天興致一來開口就問：「聽說你前女友很會做菜，是嗎？」

A男回答：「嗯？我忘記了耶！多久之前的事了？而且我根本不在乎做菜這件事啊！我喜歡的是妳的其他優點。」聽在A女耳裡，這個答案代表著：「果然，你還是很在意我會不會做菜。」

如果換個說法，B男的回答則是：「有嗎？沒有吧？我沒有跟妳說過這件事啊！」女友就會覺得：「你沒告訴我，就代表著你心中有一塊地方，是被保護著不讓我進去。」

再聽聽看另一種表達方式，C男的說法是：「哪有？她做菜超難吃的，我根本不想吃她做的東西。」

在以上三種回答方式中，C男的答案是女人最可能接受的說詞，因為女人聽了之後會覺得：「你的前女友很會做菜是不爭的事實，但你卻願意為了我而說了謊，表示可能怕我生氣，也意味著非常在乎我的感受。」女方解讀男方的心意是：「我明明知道男人在說謊，而且是一個非常可笑離譜又違背事實的假話，但至少是願意為了我而說了一個善意的謊言。」

瞎問題眞分享

為什麼女人總是要問這種很瞎的問題呢？難道女人就是要男人昧著良心說謊嗎？事實並非如此！女人並不是非要問這種要男人口是心非的問題不可，雖然女人心中明白，那些都已經是過去式了，但是還是討厭現在的情人可能和前女友藕斷絲連、糾纏不清，一旦意識到有此可能性，就會逼自己追問男友和前女友之間的問題。

只要女方提問之後，男方的回答和態度就非常重要，如果前女友真的已成過去，回答時就沒有必要再強調以前的好，或是堅持那些無法改變的事實，以免讓女人覺得，男人過去的世界和現在的生活，都不能為了我而改變，女方想要看到的是：「男人有誠意願意為我改寫這段歷史。」

「為什麼man's talk，妳也要知道？」一個男人提到，他曾經在女友的要求之下，說出了自己和男性友人聚會時的話題，提到其中有一個朋友，他的戀愛觀是：「撒網捕魚，先求有再求好。」抱著「無魚蝦也好」的心態談戀愛。結果女友聽了之後非常生氣，認為這是錯誤的觀念，甚至還打電話去罵男友的友人，害男人覺得對朋友很抱歉，也讓自己非常沒有面子。

女人真的是海底針嗎？就算知道了男友和朋友們聊天的話題，又有什麼意義呢？相較之下，女人確實比男人愛分享，之所以想和情人分享話題，多半是希望對方可以更了解自己、知道女人要的是什麼，讓兩人之間的默契更加契合。

女人想知道男人和兄弟之間的事，並非真的想聽朋友的故事，而是覺得，如果兄弟之間的話題有某件事讓男人掛在心上，也願意講出來和女友討論分享，這件事就不再只是朋友的事，因為女人此時就可以從男方描述事情的過程中，感受對方是否意見一致。

在前述的例子當中，那一位反對「無魚蝦也好」論調的女友想對男友生氣，但是又行不通，因為男友可能會沒好氣的說：「這是朋友的觀念，並不是我的想法。」女方只好打電話去罵男友的朋友，但是她只是想說給男友聽，心裡真正想導正的是自己男友的觀念，而非男友的朋友。

查勤能增加安全感？

此外，有一些女人喜歡知道男友的帳號和密碼，舉凡手機、電腦，任何一切需要登入密碼的科技產品都不放過。還有一些女生認為，如果男友不願意說，或是不願意供出自己的密碼，就代表他不夠坦蕩、不夠誠實，或是心裡有鬼。女人此時就要冷靜地想一想？情人不肯透露自己的隱私，或許只是因為單純的不願意，也不想去配合女方過分的要求，更沒有必要因為女方的不安全感，讓自己變成一個沒有隱私和個人空間的透明人。

在愛情經歷的分享中，從來不曾聽過有哪一對伴侶會因為這樣的查勤方式，讓彼此的感情變得更加親密。如果真的準備好可以不要這段感情了，那就不顧後果的去問吧！否則，想要提問和回答問題之前，請務必三思而後行，不要問出庸人自擾的題目，也不要說出讓人冷汗直流的答案，萬一因此磨損了彼此原本堅定不移的情感，就真的損失大了。

沒有標準答案的考古題

在愛情裡要學會的說話之道

女人特別愛問的一題

「親愛的，你想我嗎？」這句話是女人最愛問的問題之一，還可能會一日三問，但是每次問了之後，都希望得到不同的回應，因為有時候只是在撒嬌，或只是半玩笑的發問，也可能是真的想確認這件事。在這個關鍵時刻，男人們千萬不能老老實實的只有一種答案。

當大部分的女人問男人想不想她的時候，都是覺得兩人之間缺少了溝通，認為男方好像太過沉溺於自己的世界裡了，男人的心似乎和女方暫時失聯了，希望能夠增加溝通。所以當女方問：「你想我嗎？」背後的意思代表著：「我們來溝通吧！我們來談心吧！」

這個時候，男人最好能理解女方需要談心，並且把心事說出來，讓她覺得和男方的世界重新產生連結。例如：「我當然很想妳，尤其是昨天被客戶拒絕了之後，沒有立刻打電話告訴妳，是因為必須打起精神工作，賺更多的錢，為我們的未來打算。」

如果男人可以把想女友的心情，包裝在自己的心事裡，或是日常生活中遇到的事情當中，就可以讓女方覺得有參與感。

打探或撒嬌

大多數女生問出「想不想我」的問題時，只是想知道男人到底懂不懂她？你懂不懂她想你想得這麼痛苦的心情？就算男人沒有時間陪女友，女方還是忍受了寂寞，癡癡地等下去，也沒有因為被男友忽略就移情別戀了。

女人要的就是希望對方能明白這樣的心情，此時男方可以反問：「我很想妳耶！不過，是否因為我沒有表現出來，所以讓妳擔心我是否想妳？」當男人如此詢問時，女人可能就會回答：「哪有，我哪有擔心，才不在乎你想不想我呢！」話雖如此，口是心非的女人心裡卻暗自開心著。

也有一種可能是，男人發現女友問問題時可能只是在撒嬌，就可以適時地抱抱她，後來就會慢慢發現，有時候講了十句話，都不及一個擁抱來得有效。

假想敵心態讓女人很愛問這一題

「我和前女友誰比較好？」當男人聽到這個問題時可能都會感到一陣納悶，為什麼要拿過去的事來影響現在的感情呢？對女人而言，雖然「前女

友」是一個假想情敵，但是一個曾經在男友生命中如此重要的人，難免會讓人想要多了解一點。當男人在回答女人出的愛情考題時，最好要考慮到兩個層面：第一個是「事實層面」，也就是「到底誰比較漂亮？誰比較懂你？你比較懷念誰？」等等的問題。第二個是「要尊重女友說的話」，男人在回答問題的時候，必須要讓對方知道自己是很在乎她的。

問號真的是女人的好朋友！其實，當女人發問時，也想知道兩個層面：第一、想知道自己和前女友到底誰比較好？第二、想知道男人回答的態度是否用心。例如：有個男人非常認真、誠懇地對女友說：「我忘記了。」當然，這種說法不見得可以讓每個人都可以接受，但是，聽得懂的女人就會願意相信，因為男人不是敷衍地答覆問題，而是認真地傳達：「我跟妳的世界裡，不容許其他人的記憶存在，所以，我已經忘記了」的訊息。

你的心裡只有我沒有她？

對於願意接受男人的答案，而且已經和對方培養出某種默契的女性而言，「忘記前女友」代表男友已經了解「在我們的世界裡，不該保存過去的記憶。」當男友說出「我忘記了」這句話，就代表著他已經知道該如何處理，不會讓前女友再次闖入腦海中。

其實女人要的就是這種感覺，但是必須建立在彼此都有默契的情況之下。男方的態度是一個關鍵，女人希望男人能絕對的以現任女友為主！不管前女友是如何美麗動人，男方就是要說：「在我心中，妳才是最漂亮的。」女人在乎的不是別人有多漂亮，而是在情人的心中，自己是否居於最優先的位置。

女性朋友們有很多五花八門、千奇百怪的問題，有時候也別忘了提醒自己，在發問之前可以先想想：問了之後能不能得到想要的答案？這個問題對於目前的感情關係是否有幫助？會不會讓男友更了解自己，或是讓自己更了解對方？以及，現在問問題的時間點對嗎？如果說出口之後，對於兩人之間有百害而無一益的話，那還是少開口為妙吧！

破案線索是茼蒿菜

男人永遠聽不懂的關鍵因素

沒有人天生想要當一隻喋喋不休、惹人厭煩的鸚鵡，女人不是多話，而是不管說得再多，男人還是不懂。究竟是女人話太多，還是男人的理解能力有問題？

多數的心理和語言學研究都證實，整體而言，女性的語言能力比男人強，但並非所有男人的語言能力都比較差。女性從小在心理上對於情感的連結需求就比較大，人類的大腦有許多區塊，分別掌管不同的功能，女性在情感與語言功能之間，似乎比男性有更密集的連結，女性比較能夠一邊講話，一邊察言觀色，也比較容易把內在情緒翻譯成語言，說出來讓別人聽懂。

在語言溝通方面，女性的表達能力也優於男性，但是在邏輯判斷上就不一定了。有很多男人會覺得女人在講話的時候，並沒有清楚的邏輯，但是女人會用許多細節來補強邏輯不足的部分，如果男人沒有聽出女人想要表達的重點時，就會覺得女人的表達內容很瑣碎、沒有主題與目的；但若有耐心的聽完，就會發現其中有許多看似瑣碎的細節部分，都是一種不可或缺的線索，可以讓人拼湊出主題並發現目的。偏偏男性表達的方式通常都是直接勾勒主題，不需要細微末節的輔助，正是因為如此，兩性之間的溝通才會出現困難之處。

想一套、講一套、做一套

男女相處時經常遇到的一種狀況是：女人口是心非。明明心裡想的是一回事，但是說出來的卻是另外一回事，又希望男人能夠聽懂自己心裡的聲音，而不是嘴裡說出來的話語。例如：當老婆開口說：「老公，我今天好累喔！明天要送小孩上學，我可能會爬不起來。」

老公的回答是：「沒關係！那就好好休息，明天我送孩子去上學就好。」老婆可能會追問：「那會不會太累？在公司忙了一天也很辛苦耶！還是我去送好了。」

老公：「沒關係！不累，我送就好。」

老婆：「不要啦！還是我去送孩子好了。」

老公：「這樣啊！好吧！那妳去送。」

說完之後，老公就呼呼大睡了，留下輾轉反側的老婆在半夜獨自生悶氣。大多數的男人會覺得，為什麼女人明明希望男人去接送小孩，但是當男人接下這樣任務的時候，女人卻又開始在言語上作態，假裝逞強地說可以自己去接，結果老公順著老婆的話，為什麼女人反而生氣了？

答案很簡單，因為當男人表達願意接送孩子的時候，女人會覺得不安，所以後來再多講的那些話，只是想要消除自己的內疚感。女人要的不只是男人去送小孩而已，還要透過更多問題來確認男人是心甘情願，不是被逼的，而且還不會因此感到不滿。

有些男人因為聽不出來女人要表達的真正意思，就真的照著老婆的指示安心地睡覺，讓老婆自己去接送小孩。還有一些男人雖然聽得懂女人的弦外之音，但是內心深處其實並不想去送小孩，結果最後的回答也是：「好吧！那妳去送。」

其實，在這個例子中，當男人說願意去送孩子的時候，心裡多少會認為自己是一個不可多得的體貼好老公，此時女人只要誠心地讚美或說聲謝謝，就可以了。但如果女人為了消除自己的內疚感，一再確認，要老公保證這一切都是他自己願意去做的，無論是多麼迂迴的表達方式，都可能讓男人覺得老婆怎麼什麼都要贏呢？「妳可以睡覺，不用送孩子上學了，連對我的內疚和感恩也要撇得一乾二淨啊？」這時男人往往就會順水推舟，裝作聽不懂的樣子。

走開是吵架的大忌諱

男女吵架也是一門很大的學問，當雙方因為意見不和陷入僵局的時候，男人常常搞不懂，為什麼女人非要在當下就講清楚說明白？因為大多數的男人會選擇離開現場或暫不處理。但是，女人在吵架的時候要講清楚，要的就是男人先處理她的情緒，而且男人一定要用正確的處理方式，千萬不要在女人氣到快要爆炸的時候說：「妳不要激動，冷靜一下，冷靜了之後我們再來談。」這句話絕對是下下策，女人非常重視自己的情緒是否能被注意、被接納、並且被肯定。

其實男人可以先讓女人理解，自己已經很清楚地接收到她的情緒訊號，同時幫女人找出結論。例如：「妳會這麼生氣或這麼難過，是不是因為有第一點、第二點、第三點、第四點……的原因，才會生這麼大的氣。」這句話代表著對方已經明白女孩生氣的原因，而且女方生氣是有理由的，如此一來，女人就不會一再重複問出相同的問題。

如果男人一直對女人說：「沒有那麼嚴重，妳想太多了，生氣不能解決問題。」想要藉此曉以大義，那麼女人就可能覺得，對方並未接受自己生氣的原因，可能是第幾點沒有聽清楚，所以只好再講一遍，直到覺得男人聽懂為止！

誰說女人太誇張？

有些男人會覺得女人總愛誇大其詞，原本不是太嚴重的事情，女人卻喜歡形容得很誇張。女人天生的感受力就比男人還強烈，女人對於情緒開始轉變的時候，敏銳的感受力是比男人還快的，例如：臉部的表情、說話的語氣等等。女人腦子裡接收到情緒的強烈度就是比男人強，如果描述相同的一件事情，男人可能會覺得：這件事情沒那麼嚴重吧？但是對女人來說：就是那麼嚴重，她心裡的感受就是如此強烈。

多數的男人都不太喜歡面對情緒，當女人把自己的情緒丟給男人的時候，男人通常會選擇擋掉或是避開，因此女人心裡的預設立場就會認為：如果是跟姊妹淘聊天的話，就不用那麼誇張，因為只要講一點點，就會有所反應，代表姊妹們能夠理解我的感覺。但是如果告訴男人的話，他一定會對我的說法打折扣。如果我說「很痛苦」，對方一定會聽成我「有一點點難過」，所以應該要說「我好想死」，打了折扣之後，剛好就是目前的感覺程度，這也是為什麼女人跟男人講話都會比較誇張的原因。

拿出CSI的本領

女人為什麼對細節的問題如此感興趣？主要是和思考模式有關。女性是屬於比較直覺型的思考，當收集到所有的細節之後，就可以從中做出判斷，知道對方是說真的還是說假的？例如：女友中午打了一通電話給男友卻沒人接聽，就開始覺得哪裡不對勁，然後追問男友：「你中午沒接電話，去哪裡了？」

男友說：「跟主任去吃飯。」

女友接著問：「哪一個主任？去哪裡吃？」

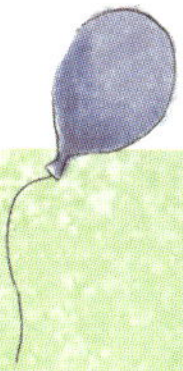

男友：「某某主任，去吃涮涮鍋。」

問了之後，女友還是會覺得有點奇怪，但又說不出是哪裡怪，最好的方式就是繼續追問細節：「你吃了什麼？吃麵還是冬粉？是否加了一點茼蒿菜？吃完之後是否又喝了咖啡呢？主任跟你說了什麼？」這時候男人一定會覺得，問這麼多做什麼？但是癥結點就在於，當問完這些問題之後，女生想起冬粉跟茼蒿的時候，突然就想起來，上次一起去吃飯的時候，男友明明就說過，主任吃火鍋時最討厭茼蒿菜，或是明明就很討厭某某主任，主任也不喜歡他，怎麼會跟對方去吃飯？女人就是從這些細節連結到自己的記憶網絡，才能夠做出判斷。

男女的思考方式大不同，男人是理性的思考，通常都會針對問題提問，或是請女方提出證明來反駁他的假設與懷疑，而女人不喜歡被認為自己是在盤問別人，所以就用拼湊細節的方式來做判斷。

當男人或許真的有一點辛苦，下次遇到了女人話很多或口是心非的時候，也許可以想想，自己是真的聽懂了對方的問題，還是明明聽懂了，但卻給了不正確的回應？唯有知彼知己，找到一個相對應的良好互動方式，才能更加了解對方的心意。

妳是否把百分男人打了對折？

堅強和逞強，差一字差很多

社會對性別角色的觀念逐漸開放，有越來越多的女性成為職場或生活上的女強人，但男人對此到底抱持什麼態度，女人始終很想知道有一次在錄製節目的現場，一位男性來賓說：「女人堅強沒關係，但是男人怕的是，她其實只是逞強！她可以在很多人前面逞強，但在親近的人面前，不需要如此吧？」另有一位女性對身旁較年輕的女孩說：「如果妳太強，會把原來一百分的男人變成五十分。」女孩聞言後回答：「我知道啊！所以我都挑五十分的男人。」沒想到對方接著說：「所以，現在他只剩下二十五分了。」

這個故事聽起來像是個笑話，但卻值得女性朋友們深思。

故事中的女孩無法理解這句話背後的意義，於是請教她的朋友，朋友告訴她：「妳就是習慣把人家的事情拿來做，因為受不了人家做不好，於是搞到最後別人就會覺得既然妳什麼都會，那我就繼續閒著吧。反正做什麼妳都覺得妳比我厲害。」

過分逞強突顯能力不足

女人當然要堅強，堅強是存活必須的一種力量！但逞強並不是真的堅強。愛逞強的特質是：「力量不足，卻刻意顯示自己能力很強。」有時候，一般人會對於逞強的女人產生誤解，以為她們很獨立又堅強，堅強應該是指「擁有堅韌的內心力量」，真正堅強的人外在往往是自在而溫和的。強硬的東西容易被碰撞，更需要有彈性和柔軟的外殼加以保護。個性真正堅強的人不需要常跟別人計較，也不需要爭個你死我活、誰對誰錯，因此反而常讓人覺得她是很柔軟的。

換言之，逞強卻剛好相反，愛逞強的人非常害怕被別人知道自己的內心是軟的、是空的，一旦被碰撞到，自己就散了，所以需要框一個硬殼在外面，這就是堅強與逞強最大的差別。

生活中經常見到，有一種女人習慣用很兇悍的方式釋放出求救的訊息，她會

說：「你很差勁！你根本沒辦法幫我。」而不會說：「能不能拜託幫我一下？」於是，她一邊在求救、一邊做事，還一邊罵人，就算是遇到了一百分的男人，也可能被挫折到只剩下五十或二十五分了。

用逞強來遮掩自憐或脆弱

為什麼女人要逞強？往往是因為在情緒上的自憐自艾，才會選擇用逞強的方式表達。比方說，當自己扛不動很重的物品，或是生活過不下去的時候，此時女人最過不去的其實是自己的情緒，所以就喜歡在情緒上面逞強。例如：心裡明明希望對方能多呵護自己一點，多重視自己一些，但是女人反而口是心非地說：「不用啦！你忙嘛！結婚紀念日不用特別買什麼禮物，生日也不用記得，我不在意節日，我不是那種愛過節的人。」

這種說法其實是在自我憐惜，她會覺得自己是在付出、在犧牲，因為她覺得是在幫男人免除責任，自己把這一切扛起來。但是對於男人而言，卻是一種很不舒服的感受，就像是有一個人想要幫忙，但是自己的手還沒伸出來，就已經被擋掉了，覺得自己的善意不被需要，還被糟蹋地補上一句：「這隻手根本幫不上什麼忙。」但若真的沒有伸出手來，逞強的女人可能會再補一句：「你看，你就是沒手嘛！」

通常一個人越想要逞強的時候，都是因為覺得自己不夠好，而產生危機意識，認為這麼不理想的自己，應該是不會被別人接受，不會被別人喜歡。所以就會選擇把自己封閉起來，然後再自我對話：「你要變好喔！這樣我才會把你放出去。」變成自己管束自己。

而有些人在感覺自己不夠優秀的時候，就會特別害怕向別人要求或索討。當然，每個人的罩門都不盡相同，有些是對男人或是對金錢或是對家人，倘若一旦對應到自己最沒有信心的那一個部分時，就會不敢表達內心真正的需求。例如：有些人在經濟狀況還許可的狀況下，朋友要請客，就會很大方地欣然接受；但是如果自己的生活正處於拮据狀態，反而沒辦法接受朋友的好意，甚至會反過來請朋友吃飯。這就是因為害怕被別人看到自己最沒有信心的弱點，所以會極力的想隱藏，不惜用逞強的方式來遮掩內在最脆弱的部分。

女人要笨男人才愛？

常聽人說，女人最好不要能力太強，而是要笨一點，或是要永遠假裝成比男人笨一點，這樣才會有人愛？我並不贊成這種說法。

首先，對於那些嚴重的沙文主義者，大家就不要考慮了吧！如果我們談的是「心智健全」的男人，女人並不會因為能力強而沒有人愛，問題是出在：有些女人能力強，但卻埋藏了一些打不開的心結，因此對男性存有攻擊性，時常出現指揮或指責的態度，這才是得不到愛的原因。

「女人，不要逞強！」這句話絕對不是要女人變笨，以便讓男人喜歡自己，如果兩個人要一起過日子，所有的事情女人都要裝笨而讓男人去做的話，再強的無敵鐵金剛也會累壞的。男人當然會喜歡有能力的女人，可以在情感或是生活上獨立的女人，但是，不能因為獨立就流露出傲慢的態度，任何感情都需要建立在互相仰慕與喜歡的前提之上。如果能感覺被一個很有能力的女人衷心仰慕，男人是會非常開心的。

逞強的女人通常會遇到幾個問題，第一個：太愛逞強，逞強到連生活自理有問題的男人也敢嫁。例如：明知道這個男人連自己都養不活了，脾氣也不好，有很多讓人受不了的地方，但是逞強的女人卻安慰自己說：「沒關係！那以後都靠我好了，他賺不了錢，我賺。」稍微清醒一點的人都看得出來，一開始交往的時候，女人就已經在逞強了。或是女人明明最在意自己的伴侶要感情專一，但是卻跟一個花心的男人談戀愛，這也是逞強的一種。

要學習調整彼此的步調

如果戀愛初期就是逞強的交往方式，等到進入到婚姻之後，就會因為這個男人從一開始就不符合女人的期望，但是因為自己

逞強下嫁，所以有許多女人認為男人做不到的事情，就會自己扛下來，一股腦地往自己的身上攬。就算自己一個人都能夠完成這些工作，但是男人反而會有很多不舒服的感覺，而女人一邊做的時候，心裡又很不甘願。女人越做越多，越來越委屈，就很難不對男人抱怨，逞強到最後，一定會爆發憤怒。

有很多愛逞強的女人，內心是很傳統的，認為男人不應該太弱，例如，有些女人會一邊換燈泡，一邊抱怨著：「這不是男人應該做的工作嗎？」等到累積了許多的埋怨之後，一方面覺得自己很棒：「我怎麼比其他女人都能幹！」另一方面又認為：「我的男人怎麼跟別的男人不一樣，為什麼這麼弱？」在這種不平衡的心情之下，自然而然就無法對身邊的男人心存尊敬，也無法有喜愛溫柔的表現，而男人卻很需要這些感覺。

從古到今，有很多案例顯示，男人其實不在乎身旁的她是大女人或是小女人，他要的是一個真正喜歡他、尊敬他的女人。所以問題不在女人的能力強或弱，而是在於妳的態度跟情愛。

如果夫妻之間總是一強一弱的互補性配搭，就要學會調整步伐，彼此配合一下。假設女方已經是健步如飛的狀態，但是另一半才剛開始學走路，女人就要試著放慢腳步學會等待，否則兩個人的距離只會越拉越遠。

其實大多數的夫妻都可以接受另一半比自己強或優秀，但若對方真的比自己強很多或是太優秀，就需要更用心呵護彼此的感受。因為每天在現實生活中要面對各式各樣的人群，比較弱的一方就會質疑是否自己的能力不足，逼自己要趕快跟上對方的腳步，以免停滯不前。萬一認為既然距離越來越遠，怎麼追也追不上，乾脆照自己的步調慢慢走、各自過生活，身為夫妻卻無法同心並肩而行，恐怕最後就可能成為同路的陌生人了。

THE CARRIE DIARIES

CHAPTER 3
錯愛是沒完沒了的刪節號……

- 一旦妳清楚地認知到妳也有「需要」，正視對方「給」不了的事實，妳的心就會漸漸清醒而想離開了。
- 拒絕不對等的愛情借貸關係，才是真正懂得投資自己未來、愛自己的快樂女子。
- 在分手時計較對方的良心和責任，對事情不會有幫助。還是釋放對方，以便釋放自己吧！

愛他愛到鬼打牆

為什麼離不開恐怖情人？

應該許多人有過這樣的經驗吧？在感情裡的時候，都覺得另一半很完美，即使對方屬於會施暴的一類，也深信他會改善。當別人提出客觀的勸諫，在妳的耳裡只覺得那是別人對他不了解。有時候自己也覺得很苦，但就是像鬼打牆，怎麼都離不開他。終於分手之後，回顧這段戀情，才赫然發現當初愛的人有多麼可怕。

曾遭受男友暴力對待的女人，常常抵不過暴力男友求和的眼淚，明知道這樣繼續下去會被傷害，但是卻離不開。

自信不夠容易走向受虐的路

人對於傷害的心理反應有兩種方向：一種是離開傷害自己的人，不過一般深陷於情愛的女人並不容易做出如此明快的決定；另一種反應是否認自己受到傷害的事實，說服自己或催眠自己——「他並不壞」、「他不是刻意要傷害我」、「他不是要騙我的錢」……試圖相信他的所有行為都是因為不得已，用這種方式拒絕承認自己受損的事實。為什麼無法採取第一種做法，讓自己停止受傷害呢？這與自信有關。原本自信不夠穩定、或者原本的自信在長期受暴的過程中被磨損了，都會使人缺乏力量，無法掙脫困境。

我們內心都有一種天真的假設：「如果我很好，別人應該會喜愛我。」那麼，如果別人不喜愛我、甚至傷害我呢？自信不足的人很容易質疑自己：「是不是因為我不夠好？」只要冷靜思考，就知道自己好或不好、值不值得被愛，與有沒有被愛、有沒有受到合理的對待，其實是獨立無關的兩件事。無論自己是什麼樣的人，都不應該在感情關係中遭受暴力或情緒虐待！

自責、死心塌地都是不必要的

缺乏自信，或是不曾好好被愛護的人，一旦遇上反覆使壞、撒謊接著又求和的人，會直接啟動並對應到她內心的弱點，這是一種非常容易讓人沉迷的狀況！看在其他人的眼裡，常覺得不可思議，這個受虐卻不離開的人到底怎麼了？

聽朋友訴苦卻幫不上忙並不是一件好受的事，許多人只好採取保持距離的態度。結果，深陷受虐關係的人往往感覺親戚朋友都不夠關心自己，因為孤單而更加留戀施暴的伴侶，無法自拔。而越是離不開，就越容易失去朋友，永遠和外面的世界格格不入。

越遇到不合理的對待時，有些人是死心塌地的繼續付出、繼續愛，期待對方總有一天會感動。選擇這樣做的人，希望能夠被別人以相同的方式對待，只是有時候自己不知道，或是不願意承認，會告訴自己：「我並沒有希望他也這樣愛我，我只是在用我的方式愛他，我享受給予。」

當妳得不到這樣的對待時，就像妳已經設定好這齣戲，一定要有個很癡情、很願意付出的角色一樣，對方若是不願意配合演出，那妳就只好自己跳下去扮演這個角色，去演出妳已經安排好的情節。其實在各類關係裡，所有的角色都是對應的，當妳演走了妳原本預設要給對方的角色時，他不會再去重複扮演和妳一樣的角色，就像一齣戲不會有兩個女主角一樣。

在這種情況下，必須不斷地提醒自己：「我也期望被合理對待，而不只是給予。」「要」和「給」是完全相反的，一個是拿進來，另外一個是給出去。一旦妳清楚地認知到妳也有「需要」，並准許自己「要」，正視對方「給」不了的事實，妳的心就會漸漸清醒而想離開了。

被掏空俱樂部

愛情裡的借貸關係

「我曾經為了他所需要的房租和學費，去辦了現金卡，替他繳付了所有的費用。後來，我們因為其他的原因分手了，他沒有主動提起這筆錢要怎麼還，而我也不好意思向他開口，於是，我現在還在還那筆現金卡的債……」在芸芸眾生浮沉大半生的愛情海中，經常會聽到諸如此類的悲喜劇，想必大家都不陌生吧！

這一場愛情悲喜劇的戲碼，可能是我們曾經聽過的故事，也可能是我們身旁周遭的朋友，或者就是我們自己切身經驗的最佳寫照。故事裡的場景和理由可能會不盡相同：借貸關係的各種類型，可能會從學生時代的房租、學費，變成了出社會的創業基金、車貸、房貸……借貸科目應有盡有，借貸金額則從小到大，但是借貸關係背後的本質卻是相同的：「我愛他，我怎麼能夠見死不救不幫他？」

是啊！當初兩人還濃情蜜意相偎相依的時候，彼此是多麼地快樂且相愛，既然能夠一起攜手走過「同甘」的歷程，理所當然也要陪伴他經歷「共苦」的時刻。但是，如果這個「苦」不再是只有一次、兩次，不是屬於能夠速戰速決的短期目標，而是一場要長期抗戰，甚至不知道何時會獲勝的戰役？又或者這個「苦」重到自己根本就背負不起，甚至到了最後關頭會連自己一起被壓垮，如此一來，有哪一個女人還能夠一邊抖著雙手，然後一邊死命地撐著一肩扛起所有重擔，再自我催眠地對自己說：「因為我愛他，所以我可以！」

「被掏空俱樂部」成員共通點

如果妳身旁曾經有類似的主角，或是自己就是這樣的女人，那麼就要說聲抱歉了！妳，已經有資格獲得「被掏空俱樂部」成員的入會資格。

進一步推敲分析，能夠成為「被掏空俱樂部」的女性成員，通常有一個放諸四海皆準的共通點就是：受不了男人的憂傷。

當心愛的男人為了事業，或是為了沒被公司主管賞識獲拔擢而深感氣餒時，「被掏空俱樂部」的女會員就會開始主動散發出母性的光輝，總是會認為：「當他在事業上不得志的時候，我有義務和他一起承擔」。

於是，女性就會開始儘可能地要安慰給安慰、要錢給錢，但是故事的結束通常是：到了最後的關鍵時刻，不惜一切為男人赴湯蹈火的女人被徹底掏空，再也給不了任何東西；或者出現了另外一個更敢給、更有能力給的女人。

等到舞台上的燈光驟然熄滅、曲終人散的時刻，猛然驚醒的女人才會赫然發現，自己不只失去了心愛的男人，甚至連自己辛苦許久累積的存款和青春，也差不多都賠光了！在這種極度不對等、予取予求的愛情借貸關係當中，一定要到兩敗俱傷或是單方面一敗塗地的時候，才能夠察覺而被痛醒嗎？

交換、買賣、借貸怎會是愛情？

有些女人之所以會如此心甘情願、無怨無悔地付出，是因為有個借貸無法平衡的愛情觀，內心存有一個渺小的期望：如果我用錢幫他解決了困難，他就會開心起來，就會對我好一點，會稱讚、肯定我是一個好女人吧？

但是這種單向付出金錢和愛情的失衡關係，另一面所隱藏的危機是：這個男

人在日常生活裡很少給予肯定，在平常的相處上，甚至完全感受不到他的認同或讚許。此時此刻，被自己的感覺蒙蔽的女人只好花大錢、甚至不計一切代價的去「買」這個自欺欺人的肯定。

至於女人肯砸下大筆金錢的背後原因，是因為渴望得到對方的認同與肯定，但卻忽略了這是一種交換的方式，永遠買不到真正適合自己的愛情。

還有另外一種男人的類型是——不但連肯定都不願意給，還理所當然地剝奪了兩人之間最基本的必需品「愛」。例如：如果女方沒辦法再繼續給錢，這個男人就不給好臉色、不回應女人的熱情、更不給愛。這樣的男人不但不可能多給，甚至連最基本的，也就是僅剩能給予的愛都要剝奪，被養成習慣似的要女人用錢來交換，這其實是一種愛情海中的強盜的行為！

如果連「關愛」都要女人用錢來買賣交易，那麼身為女人的妳是否能夠想像，到了哪一天要花多少錢，才能夠買到在愛情關係裡，女人需要與渴望被滿足的種種更高的價值嗎？

設立停損點才是眞愛的智慧

在愛情的借貸關係中，女人到底要付出到什麼程度，才能夠喊停呢？當兩個人都在同一艘船上的時候，唯有劃清界線，設立好停損點，才是真的愛對方的智慧表現！否則，等到船沉了之後，連上岸找人幫忙或求救的機會都沒有了。

有時候，當習慣借貸關係的女人和這個男人斷然分手，過了一段時間之後，又輾轉從朋友那裡得知他的消息，卻發現以前自己深愛過的男人，竟然不再是個「只討不給」的人，他甚至是個有能力付出、有能力給予者。此時或許會疑惑，是什麼原因改變了這個男人？難道是他現在的另一半嗎？其實讓他改變的原因非常簡單，就是妳，因為他離開了妳！

這是個很殘忍卻千真萬確的答案。女人，不要再當個被予取予求、連「愛」都要花錢買的傻大戶！拒絕不對等的愛情借貸關係，才是真正懂得投資自己未來、愛自己的快樂女子。

藍色男孩的致命光芒

「睡美人式」戀愛盲點

不知道女性朋友們是否出現過似曾相識的感覺？在一場聚會中，那個躲在角落裡不說話，眉頭微皺的男人，總是容易吸引著妳的目光？在他身上散發出一種陰鬱的氣質，籠罩在藍色光芒之下的他，總是讓妳忍不住想靠近？但是，情場的經歷往往告訴我們，在跟這樣的男人交往之後，妳可能會發現：他不是那麼愛講話，當然就不怎麼喜歡和妳分享他的世界，甚至他的思考模式常常都是習慣把事情導向負面的結果。

也許妳是第一次遇到這種類型的男人，只是，不久後就會發現，如果有一天要回顧過去的感情史的話，自己交往的對象是否大多是「散發藍色光芒的角落男孩？」就像有些女人總是會愛上那種「看起來有點壞」的男人，明知道那種吸引是危險的，卻又無法克制自己想往壞男人奔去的衝動？

喜歡壞男人是在找尋失落的自己

為什麼會這樣？這是因為妳遇見了自己性格裡互補的另一面。如果妳是一個陽光型或是乖乖牌女孩，並不代表自己的性格裡沒有陰暗的那一面。在成長的過程中，可能會自覺到自己個性裡的「陰暗面」，也許是不被外界所接納的，或是它可能會帶來危險，所以就選擇把這個陰暗的自己晾在一邊，不去碰觸。

直到那道藍色光芒出現——這世界上怎麼會有人是如此放蕩不羈地「做自己」？不顧忌也不在乎別人的眼光，如此的勇敢！因而勾起了那個被晾在一邊的自己，於是就被深深地吸引，因為渴望在對方身上去找尋那個某部分「失落的自己」。這種吸引力是很強大的，就像是回到未曾經歷性格分割與整合的階段之前，是一種原始的愛——既迷人，又危險。

遇上壞王子的睡美人

有個外型亮麗、摩登時尚的漂亮女孩說：「我身邊的朋友總是說，像我這樣看起來很外向、很愛交朋友的女生，感覺上談一段戀愛都不會維持長久，所以，我上一段感情就談了六年，夠久了吧？」進一步問她分手的原因是什麼？她的回答是：「因為他好像有點暴力傾向，會動手打人。」在此情況下，她還是在前男友身上虛擲了六年的青春。

一段感情之所以讓人身陷其中、無法自拔的原因，是因為在這段關係當中，有令人想要抓住的部分；而那個吸引人不肯放手的原因，其實並不是對方，而是自己。就像陽光女孩愛上陰鬱男，是因為陰鬱男的陰暗面，讓陽光女孩可以去挖掘失落的自我；摩登女孩愛上暴力男，則是因為想要證明自己能夠維繫一段長久的關係。

到了這個時候，無論對方的條件或是個性和自己多麼不搭、外人如何苦口婆心的提醒勸誡，妳就像個喚不醒的睡美人一樣（不論是真睡還是假睡），一直等到那個被勾住的原因被滿足之後，妳才會願意清醒。此時，如果能審視完自己內心的空缺，再進入下一段愛情關係，才能避免如飛蛾撲火般，非要燒得遍體鱗傷，在浴火之後成了被感情嚴重燒燙傷的患者，獨自舔舐傷口的盲目愛情。

魔鏡，魔鏡，只有你看得見我的美

當破鏡重圓以後

在一片沉悶的氣氛中，男人冷靜地對沉默不語的女人開口：「我覺得我們不適合，所以，還是分手吧！」頓時淚眼汪汪的女人不可置信且難以承受地說：「到底是哪裡不適合？我可以改啊！是我的個性不好嗎？不夠溫柔、不夠體貼嗎？我可以改！還是外表呢？如果你喜歡短髮，我明天就去剪短，還是你喜歡鬈髮？我都可以配合，你覺得不適合的地方，我都可以改。我到底是哪裡不好？我都可以做到好，不要分手好不好？……」

這位傷透心的女子，淚如雨下地回溯起想要挽回這段感情的過程，讓人深感心疼。很多人沒辦法接受情人提出分手，有些人非要對方給個理由不可，有些人則聽不下任何理由，因為打從心底根本不願意接受。

失去情人的療癒層次

如果只是一直停留在表層來看待兩人的分手，那麼，就只會一直鑽牛角尖地去想：「為什麼要和我分手？是因為我有問題？還是對方有了別人？」如此一來，就會被困在這些自己無法掌控的因素上。但是，如果願意進入到自我療癒的層次去思考，就會了解並沒有所謂「對方對我做了什麼」的問題，而是只有「對方的做法對應到心理的時候，對自己而言代表著什麼意義？」這樣就可以逐漸改變並控制自己的想法與感覺，這是在不同層次看待同一件事情的時候，最大的相異之處。

如果進入這一種深層的自我療癒層次的習慣，去思考對方提出要分手的事情，那麼看待事情和思考的面向都會變成：「我為什麼會想要知道分手的原因？如果對方有了別人，那這件事對我來說，意義是什麼？」而不是只去想：「為什麼他要和我分手？是不是他有了別人？」在此情況下，就會去思考隱藏在想法背後的意義為何，而不是只關注在這個想法的表層意涵。

進一步思考，如果從這個層次來解讀「分手了還想要拚命挽回」這個舉動，

通常是因為自己覺得失去了這個人或是這段關係，就代表著失去了某一塊重要的東西。而這個失落的東西，通常呼應著過去的成長缺口，或是自己性格中的陰影。

通常，失去一個情人代表的是失去了一個希望、失去一個好的自己，這種會讓人想挽回的情人，對想挽回的人來說，有一個非把愛找回來不可的原因是：「跟他在一起的時候，很喜歡那個自己，喜歡那個跟他在一起的自己，無論那個自己是受苦的、或是很堅毅、很可愛的，就是要跟他在一起，才能看見那個我所喜歡的自己。」此時此刻，對方就像一面魔鏡，讓身陷迷思中的自己覺得，只有照著這面鏡子的時候才會變得漂亮，並且很渴望得到對方的肯定。

破碎鏡子中認不得自己

有鑑於此，一旦分手了之後，對方就像是一面已經破碎的鏡子，但是自己還是會不停地去拾撿那早已碎落一地的鏡片，希望可以拼湊回愛情原來的樣子，然後，再繼續照著那面鏡子，還是希望在對方心裡，依然維持美好的形象。

因此，有很多人經過一而再、再而三的挽回之後，就失去自我了。誤以為自己什麼都能為了對方而改，但是改到後來，就已經不是原來的自己了。拚命地把自己改變成對方心中的理想模樣，把那個形象套在自己身上，自我催眠地說：「對！這就是我，我是符合理想的……」一直執著於挽回愛情的人，太多是因為「不知道自己真正的模樣」。我深刻地記得，有一個女孩在失戀後心痛地告訴我：「我已經認不得鏡子裡的這個人了。」

強摘的果子不甜

當愛情遠颺，戀人分手之後，很多人連自己都不認識自己了，只認得和對方在一起的模樣。因此我們必須要清楚地知道，自己想要挽回的是什麼？不論是自信也好、人生的方向

感也罷，這生命中失落的一塊拼圖，確實是要找回來的。其實，這些可以從其他方向去尋找，如果還是一直執著地要從碎片裡面挖出那個陌生的自己，就只會讓自己一再重複的被那些碎片割傷。

事實上，在「強迫性挽回」之下而復合的感情，通常都會很短暫。因為對方可能是處在心情還沒有整理好的混亂狀態中；因此，當戀人中的其中一方在做挽回的動作時，對方可能會因此而受到影響，在思慮不周的情況下再度回頭，但卻沒有辦法消除對方想要分手的想法，這麼做只是延長了自己的痛苦而已。甚至，對方會更加憤怒，覺得是刻意在拖延，在這樣拉扯的過程中，對方只會對想要挽回的一方越來越壞，實在沒有必要自找苦吃。

放過對方也放過自己

另一種情形是：對方很清楚他的人生要有一個新的方向、新的開始，而且在這一段感情路上，不再需要有戀人的陪伴，所以需要

一段時間的沉澱。結果，想要挽回的人硬是要去攪和，然後把本來清明的池水弄得泥濘不堪，也把自己搞得灰頭土臉。在這樣的狀況下，就算復合了，勢必只是暴風雨前的寧靜，把自己弄得如此不堪，值得嗎？

靜下來好好思考，不願意放手的人，通常都是因為覺得所有的事情都跟「我」有關，覺得應該是「我」哪裡不好、哪裡做錯了；如果「我」修正之後，有所改變了，應該就不會有問題。但我們都要認清一件事，就是：「你」並沒有那麼的重要！對方之所以會提出分手，並不是認為你有什麼不好，也不完全都是你的問題，要去理解和接受，並不是所有的決定都是因為你而做的，能夠這樣轉個念頭去想，才有可能真的放過自己，往下一個更好的人生階段前進。

難以承受之分

分手訊號，拒絕接收

他惡劣妳裝傻？

在網際網路興起的時代，美國就有專門幫人傳達分手訊息的網站，據說只要付十塊錢美金，就可以幫委託人打分手電話。

有很多事情，明明都說明白了，但是對方還是不清楚，分手就是其中一例。讓我們來看看最令人不能接受的分手管道前五名：

第一名：社群網站。

第二名：即時通訊軟體。

第三名：請朋友轉述。

第四名：分手字條。

第五名：手機簡訊。

男人之所以不願意當著女友的面提分手，有一種可能性是：對方已經告訴妳很多次了，可是女方都裝傻，或是不願意當真。例如：男友告訴女方想分手了，明明已經講了半年，但是女友還是每天詢問：「今天幾點要來接我下班？不要太晚喔！」此時男方可能會一頭霧水地回答：「都已經說要分手了，還要去接妳嗎？」然後女方可能接著說：「哎呦，我現在很忙，那就六點到好了。」接著就掛上電話。

男方此時可能會覺得，女友還沒辦法完全接受分手這件事，於是試圖要讓對方能夠更清楚，於是就去接女方下班。這種情況可能又持續了一陣子，最後男人實在忍受不了，只好選擇用一般人看起來覺得很誇張的方式和女方分手。這個時候女方可能會感到很錯愕，然後問男方：「你怎麼會突然要跟我分手？」但實際上，男方並非突然要求分手，而是女方一直不肯面對事實。

此時女方可能又會繼續追問：「那為什麼你還每天來接我下班？」其實男方

會覺得，這是沒有辦法的事，當初就是因為女方不肯分手，所以才會試圖再多做一點跟女方溝通，希望對方能夠明白。在此同時，男方自己也經歷了這種混沌不明的狀態，直到兩人的戀情終於畫下句點。

謝謝他放了妳

在這個時候，女方要思考的重點是：「分手前真的完全沒有警訊嗎？還是自己否認了訊號？」當然，也有一種人是完全沒有預警，也沒有透露一點線索，就提出要分手，而且是以很輕率的方式要求分手。如果女性朋友們遇上了這樣的男人，分手之後或許可以反思一下：「為什麼我可以跟這樣的人交

往這麼久？」若是交往的時間不長，彼此的生活並沒有太多的交集，然後男方就用很簡單的理由說要分手，雖然這是讓人覺得不被尊重的方式，但至少在短時間之內，女方就能了解原來對方是這樣的人，應該反而要慶幸這樣的男人沒有佔掉自己太多美好的青春。

如果交往的時間再拉長一點，或許是一年、兩年，生活中有了交集，情感的來往也非常密切，但是對方卻用這麼草率的方式要求分手，顯示了男方非常不尊重女方、性格也不夠成熟。此時女方也要檢查一下自己的判斷力，不要再讓任何人用如此輕率的方式來對待自己。

有良心的不負責？

到了要分手的時候，女孩子通常希望男方可以說出這段感情中真正的問題，才能理解是什麼原因導致必須分手，這是女性朋友最可以接受的分手方式。但這往往也是最難說出口的點，因為男方會覺得，如果說出了問題，女方可能就會順著提議說：「好！現在已經知道問題在哪裡了，那我們就可以找方法解決，可以再努力看看！」一旦如此，就會讓分手這件事無法進行下去。

兩個人要開啟一段愛戀並不容易，在面對分手的時候，也要承擔很大的責任。或許女方會覺得，用簡訊、即時通訊這種速成方式提分手的人，感覺上好像很沒有良心、很不負責任，但是，有時候這種人其實是有良知的，因為他知道談分手這件事很殘忍，所以越想要逃避。

有一個很有趣的論點是：「行為與良知之間，存在著一個很微妙的平衡機制。」越是有道德感的人，或是越容易自責的人，在遇到事情時，有時反而會盡量不去啟動自己的自責，於是行為看起來就像一個不負責任的傢伙。因為一旦啟動了自責或道德機制，自己會承受不了那個罪惡感，結果反而選擇把過錯全部推給對方，看起來所作所為也就會像個不負責任的人。

沒有良心的人，不會去啟動自己的自責機制，因為他根本沒有這種觀念。但如果是一啟動自責機制就會被道德感淹沒的人，也不敢輕易啟動，到了最後，在別人的眼中也就等於沒有良心。因此，在分手時計較對方的良心和責任，對事情不會有幫助。還是釋放對方，以便釋放自己吧！

難捨完美前情人

友誼與愛情，左右好為難？

有個女孩說：「我和前男友分手後，仍舊維持著很好的朋友關係，許多生活上的事，我都可以跟他分享，甚至與現任男友吵架，我也會找他訴苦，因為，我覺得他是最懂我的人。」

旁人不禁想問：「如果他真的這麼懂妳，又能支持妳，怎麼會非分手不可呢？要不要考慮乾脆復合吧？」

女孩臉色一變，滿腹委屈說：「又不是我想復合就可以復合！」

你有「完美前情人」嗎？

許多人在分手後，和這位女孩一樣，會和前情人保持著「朋友關係」。宣告

無救的愛情不得不結束，但又不忍從心中將對方完全移去。留下來當朋友，不再以情人的標準要求對方，一切就會變得美好？

如此「捨不得全盤失去」的心態，讓人「選擇性遺忘」與前情人之間的不愉快，不知不覺中，被自己理想化的前情人已經變成投入新感情的障礙。

在一段感情中努力付出過，一旦分手，並不容易真正放手。緊抓住的回憶代表那些日子裡自我的存在，個性唯美的人很難容許自己的回憶包含醜惡的事件，特別擅長去蕪存菁，只記得好的部分——「雖然當不成情人，也可以當朋友或家人，甚至soul mate(靈魂伴侶)，畢竟你曾經是這世上最懂我的人。」

無法承受失落的人，一旦與某個人交往就難以再切割，無法回到情感獨立的狀態。如果不得不分手，也會繼續依附任何可以接觸的機會，期待在這樣的連結中，繼續感受自己在這段關係中擁有過的一切，留存愛情裡刻劃的痕跡，不願意讓這些刻痕輕易地被磨滅。

把前情人的背影清乾淨

與前情人維持友好關係，很容易造成誤解與麻煩。介於男女朋友與朋友之間的界線非常難拿捏，一不小心，就容易再度傷害彼此，也常因為這樣的關係，使得雙方都被牽絆住，無法全心經營新的關係。

如果目前是單身，務必誠實地評估自己：

我已經能夠不被前情人牽絆了嗎？

分手後，我對這段關係的感覺已經確實淨空了嗎？

如果答案是「還沒有」，就需要停止讓自己暴露在前情人的影響力之下，直到答案變成肯定的。如果答案一直無法變成肯定的，則需要好好思考，這段與前情人的友誼，真的是純淨的友誼，還是拒絕真正分手的討價還價心態？

失控的可能不是自己

如果已經交往新的伴侶——「身邊已經有了新情人，但是我仍然和前情人維持朋友關係。」這樣的人，如果我們問他：「你能否接受你的現任情人，也和他的前情人維持朋友關係呢？」多數答案都是：「不行！」為什麼自己可以，但別人不行？

人們總是認為自己的自制力比另一半好！這就像飆車一樣，如果自己是駕駛：方向盤、煞車、油門都在自己可以控制的範圍裡，隨時要往右就往右、要倒車、要前進，自己都可以決定，總覺得沒什麼好擔心的；但如果駕車的是別人，坐在一旁的自己，常會擔心不知道身旁的人會不會突然失控或失誤，把兩人一起帶向毀滅這是自己不能預期與控制的。一般認真對待彼此關係的人，不可能喜歡另一半與完美前情人有密切的互動。

無論如何自制、如何拿捏分寸，只要在情緒或生活上繼續依賴前情人，就很可能造成現任伴侶的困擾，影響目前關係的進展，不得不謹慎處理，並且明快地取捨。

新戀情需要寬敞的空間

會和前情人維持緊密的關係，多是因為感情還無法割捨，那種感情或許不全然是愛情：可能是共同擁有的回憶，可能是自戀或自憐心理的延伸。由於自己的心思仍然常被前情人佔據，並不是口頭上說的單純友誼，如果另一半也有個頻繁來往的前情人，通常會格外地介意！而無法接受對等的方式——「既然你可以保有前情人做朋友，那我也來保有一個吧！」其實，會介意這件事，也正反映了自己有點心虛。

如果反過來，你的另一半非常在意你和前情人的聯繫，該怎麼做呢？有些人會選擇：開誠佈公地告訴情人他為何要與前情人聯絡；有人會選擇不讓情人知道，在私底下偷偷聯繫；有些人會願意就此斷了與前情人的一切。

在一段關係中，最重要的就是認真看待並且尊重對方，然後彼此溝通。因此，在做這個決定之前，應該認真考量「前情人的友誼」與「現任情人的感情」，兩段關係的真正意義為何？哪一個還能帶來希望與更加幸福的可能？應該取捨的時候，一定要清楚地割捨，人生不常出現魚與熊掌兼得的事！

癡迷情人的不可能任務

舊愛如何Say Goodbye？

手機裡還有舊愛的暱稱？

我們經常聽到一句話：「相愛容易，相處難。」還有一種情況是，談戀愛容易，但是要分手卻很難。很多戀人們在分手之後，經常還是讓自己卡在已經結束的感情裡，不願意走出來。

生活中有很多行為，可以用來檢視自己，是否還卡在窒礙難行的感情路中無法前進，如果在兩人分手之後，通訊錄或手機裡面依然保有舊情人的暱稱，就是一項指標。因為暱稱或稱謂，很容易會讓人產生對應的想像，所以，在稱呼或是聽見對方說出兩人還在一起的暱稱或外號時，可能會產生一種錯覺，誤以為自己還保有那種被愛，或是還在愛裡的感覺。有很多人會這樣自我催眠，其實只要下定決心改

變稱謂，就是幫助自己跨出情傷，往前邁進的第一步。

如果已經分手的戀人一直不願意面對現實，也不肯接受分手的事實，持續保持聯絡，以至於即使在分手後，還是無法斷了聯繫時，該如何是好呢？之所以會維持這樣的僵局，大多是在雙方都默許的情況之下發展出來的。對舊情人來說，他就是不想面對現實，但是對已經決心離開的人而言，就是沒辦法忍受對方產生誤解，有時候對方明明就是在裝傻，不肯認清現況，不論再怎麼跟對方說清楚、講明白，他都不願意聽懂並接受，兩人就一直卡在目前的狀態。

此時一定要告訴自己接受一個想法：「在這個世界上，難免存在著許多會誤解自己的人。」對方可能會把一個很可怕的形象套自己身上，只有想通這件事，才有機會讓自己繼續往前走。

癡纏情人的兩種可能

讓人擔心的是，萬一舊情人變成癡纏不休的恐怖情人，處於這種情況之下的人，通常很難做出明確的判斷，此時就不能一個人獨自面對，一定要找家人和朋友共同協助，以免在恐怖情人的威脅之下，產生許多害怕和不安。如果一個人去面對困境，有時反而會落入怕麻煩或是不敢面對的情況，因而選擇逃避或不處理，甚至還會順著對方無理的要求，消極地認為：「算了！就讓你毀了我吧！」因而放棄了自己的未來，一再地被舊情人糾纏而無法脫身。

當愛已成往事，如果自己就是那個走不出來的舊情人，有一種可能是自己的心依然掛在對方身上，深信對方失去你之後，生活就過不下去。或是刻意和對方保持一定程度的連結，傻傻地等待對方回心轉意，但卻不願意正視眼前的事實：沒有自己的愛，對方也過得很好。

另一種不願意面對現實的可能是：不想在對方的心裡當個壞人。有一種人，明明就是主動提分手的那一方，做了決定之後反而無法面對現實，主要是因為無法承受說分手後，被冠上了負心人的形象。此時反而會主動去跟被要求分手的另一方聯繫，試圖彌補或是做一些讓自己感覺好過一點的事，這也可能是讓自己在揮別舊愛之後還是拖泥帶水的原因。

找朋友幫忙並戒掉習慣

要如何不讓自己再被舊情人羈絆住而重獲自由呢？此時可以先找一個比較理智的朋友幫忙，讓這個清醒的旁觀者陪伴自己，一起整理並思考這一段錯綜複雜的關係。在思考的過程中，為這一段關係做出一個比較公平的結論。例如：「每個人的能力都是有限的，面對許多情況和現實，不是靠一個人的力量就可以解決的，如果這一段關係沒辦法讓我成長或前進，勢必就要做出選擇。」

接下來就要處理和舊情人之間互相依賴的習慣。有一些很感性的人，分手之後只會記得對方的好，無論何時何地，都會想起對方的優點，在這種情境之下，很容易就會再度拿起電話撥給對方。

如果自己是這樣的人，可以先試著寫下當初非離開不可的理由，再適時地提醒自己，把自己喚醒，免得突然受到情境的影響，只是單方面的想起對方的好，然後就被情緒給淹沒了。

每個人都要為自己的人生負責，也要認清一個人只有能力為自己的生命負責。如果在兩人分手之後，對方還深陷於痛苦當中，甚至還想毀掉自己，就要適時劃清界線——「如果對方為了這段感情而放棄自己的未來，那麼，我為這個決定感到遺憾，不能因為這樣我就留下來。」

其實這對雙方來說，都是一個非常痛苦的過程，也是個不容易的決定。唯有經歷過這些過程，人生才有新的開始，找回繼續向前走的智慧與勇氣。

不能換殼的寄居蟹

是誰不讓你做自己？

當兩人的愛火正烈，濃情蜜意的時候，戀人們為了迎合對方而改變自己是常有的事。有些人的性格是勇於挑戰的，就像：「戀愛是兩個人可以帶你走到一個人走不到的地方」。如果因為喜歡一個人而產生一種改變的動力，例如：改變頭髮的長度、配合情人的打扮等等，有時候對自己而言，是一種新的嘗試與可能性，或許可以從中發現不一樣的自己，那麼，這樣的挑戰是值得嘗試的。倘若有些改變是連自己都無法認同的，就很容易會出現抱怨，埋怨對方管很大、管太多，不讓我做自己。

為愛改變有其優缺點，但有一個問題要仔細思考的是：「究竟是誰不讓你做自己呢？」想通了之後就會豁然開朗，其實有很多時候都是自己造成的。

是改變還是欺騙？

有一種人為了愛情徹底改變的程度，已經到了自我催眠的境界——明明是為了別人，卻相信是為了自己心甘情願而做的改變。通常這樣的人自尊心比較高，認為自己不可能無法達到情人眼中最完美的形象，以至於情人要什麼，就要求自己一定要做到，而且還要做到最好。但是在此過程中，已經完全失去了自我，還把改變這件事情，內化到只要是自己心愛人所要的，就是自己想要的。

改變的方式有很多種，男女要的改變也有所不同。有些男人非常在意女友的穿著，不准女友袒露身軀，或是不准女友全身包得太緊……無論如何，萬一女友不照著情人的喜好來打扮自己，男人就會很生氣、不開心。可預見的是，這一段戀情最終一定沒有結果，因為在這一段關係當中，有一方已經喪失自我發展的空間。

女人一定要長些腦袋，如果男友連衣著都要求女友照著他的想法而行，沒辦法自己決定，其他方面也很難會有發展的空間。因為人的自我發展是一種自然的趨勢，隨著年齡的增長，人們會越來越想做自己。如果情人給的框架太小的話，自己很快就會像寄居蟹一樣，成長到一定程度就必須要換殼，而新殼沒辦法隨著成長速度而有所調整，容納不下長大所需的空間，最後就會出現一種很糟的情況——讓對方有一種很強烈、被欺騙的感覺。

誤解太深，回頭太難

戀愛中的男女不論是誰先為誰改變，或是哪一方先要求做出改變，這些例子在伴侶關係當中是屢見不鮮的。當愛情故事揭開序幕時，女人容易無限的配合與討好對方，誤以為這個男人的管控代表的是愛：「因為他愛我，所以才會如此要求。」相對的，有控制慾的男人也會錯估情勢：「這個女人真的是很愛我，不然怎麼會願意配合到犧牲自我的程度？」因而產生了同樣的錯覺。

隨著時光流逝，日子久了之後，女人開始意識到，自己的成長空間被擠壓到快要窒息了，所以她必須要出走尋找自由，甚至要結束這段愛情。此時，原本愛得死去活來的男人不但不會感激女友過去所有的付出和配合，反而會惱羞成怒地認為「這個女人變了！」

當戀情到了必須說再見的時候，此時男人可能還誤以為，女友明明就很樂意穿我規範的衣服，也說自己也喜歡包得像肉粽一樣，但為什麼一夕之間就變了呢？男人會覺得是女友欺騙了他，自己被利用了，現在翅膀硬了，長大了就想飛了，利用過就想走了。在彼此誤解越來越深的情況下，男人從語言、情緒甚至是肢體上對女友的攻擊衝動就特別容易出現。

標準定太高的下場

提醒女性朋友們談戀愛時要張大眼睛，千萬不要讓自己落入這般危險的景況中。特別是年輕女孩或是還不確定自己需要什麼的人，非但不會覺得委屈自己做出改變，是在配合或是討好對方，也覺察不出這是一件降低自我的事情，反而會誤以為男友是在開發自己的潛力，認為只有對方看出自己有潛力。一旦戀情走到了確定自我的階段，或是開始自我覺察之後，通常就已經把自己逼到危險的邊緣了。

戀人交往的初期，不需要一開始就事事配合，不要覺得因為愛，所以應該要妥協、讓步、包容，然後把自己縮到最小，事事以對方的需求為首要目標。而是要為自己保留一點空間，免得有時候筋疲力盡，或是遇到了愛情冷卻的時候，就算已經盡了全力，卻無法達到對方的標準。

千萬不要在愛情的萌芽期就讓對方的標準無限提高，否則萬一日後無法達到對方期望的時候，因失望而產生的憤怒會很難收拾的。

CHAPTER 4
婚姻絕對不是簡單的句號。

- 當兩個人共結連理之後，在心靈上都會獲得新的一個角色，讓人彷彿再次回到嬰兒時期，重新成長一次。
- 婚姻是一個運作系統，需要有人負責去建立和經營，雙方的感情才能夠歷久彌新。
- 如果不能調整好自己的思考模式，那麼在難解的三角習題裡，就永遠無法釐清問題。

揉縐的紙飛不出地窖

一個人很寂寞，兩個人還是孤單？

有一首歌〈寄居蟹〉是這樣唱的：「一個人的快樂也許是種透徹，兩個人的孤單早應該割捨。」有些人認為，結了婚之後不用一個人生活，身旁有了另一個人的陪伴，就不會再寂寞。但是，結婚的人真的就不孤單了嗎？單身的時候，本來就不會期待床的一邊會出現另一個人、不會覺得另一個枕頭上寫著某人的名字，因為沒有專屬的記號，代表著有許多可能的空間，它可以是自己夢想或正在等待的某個人。期待著與一個可以讓自己怦然心動的人，一起分享或是擁有共同的空間是很美好的，因此就算目前的位置是空的，仍然充滿了想像與盼望，這是一種帶著自由的孤單。

在婚姻裡的孤單卻是不一樣的感受，結婚之後，身旁的枕頭突然有了主人，寫上了固定的名字、有了專屬的記號，期待與盼望許久的目標有了明確的對象。原本應該是兩個人相互依偎彼此取暖的幸福小床，萬一遇上了對方佔著那個位置卻又不來分享的時候，望著另一邊空盪盪的床，此時的孤單不再只是單純的寂寞，而是混雜著失望、孤單和憤怒，同時也感到自己的能量正逐漸流失，因而添加了許多情緒的痛苦。

無法溝通的白馬王子

有一個女孩說：「在婚姻裡的寂寞，就像是躺在地窖裡，自己是一張被揉爛、揉縐、揉小的紙。」在黑暗的地窖中，只能望著頭上那一片小窗，羨慕外面的藍天，渴望著一點點微風，但是，無論把自己揉得再爛、再縐、再小，還是找不到任何一點空隙可以飛出去。

女孩的前夫是一個各方面條件都非常好的男人，在國外教書定居，有著流利的外語能力，個性平穩卻不擅社交。女孩和白馬王子交往三個月之後，彼此決定託付終生，而當雙方決定結婚之前，女方已經很清楚男人的個性和自己有著天壤之別。因為外向活潑的女孩喜歡分享、愛朋友，於是在結婚初期，他們就遇到了一些困難，由於男方不習慣也不擅溝通，生活的重心就是教書和做研究，但是女方渴望的另一半是能夠和自己聊聊心中的感受、分享情緒的人，男方卻不太需要這樣的生活，只希望回家的時候，有個人在就夠了。

當雙方的期望出現歧異，兩人漸行漸遠，就開始分房分床，溝通的機會也越來越少，最後的選擇就是結束並離開這段婚姻。女孩的故事可能會讓很多人感到疑惑：既然在婚前就知道彼此的個性不合，為什麼還是選擇結婚呢？女孩的回答是：「我相信有著這樣條件的男人，應該有很多女人聽了都會想嫁吧？」但是，許多女人都想嫁的男人，就一定適合她嗎？

觀念偏差怎能不走向錯誤婚姻

這樣的執著與女孩的家庭背景有關。她的父親是個非常幽默、風趣的男人，但是女孩從小就感覺到，母親在這段婚姻中是非常辛苦的，因為母親太傳統、內向，似乎跟不上父親的興趣與腳步。她以為只要避開像父親那樣的男人，找一個個性平穩的丈夫，就不會複製母親在婚姻裡嘗過的苦，但卻萬萬沒想到，自己選擇的

男人卻讓她體會到另一種痛苦。

這是一個在婚姻遇到困難的典型案例，即使女孩在這段婚姻中辛苦萬分，忍受了許多的寂寞，但只要想到前夫具備許多優異的客觀條件，她仍舊相信女人都會想要嫁給這樣的男人。由此可知，這個自我的設定是非常強的，這種根深柢固的觀念，是吸引女孩走入錯誤婚姻的主因。

當女孩提到，自己之所以有這種感覺，主要是和小時候對父母的感受有關聯。女孩年紀還小的時候，看到了父親在外面有另一個世界，有他覺得好玩有趣的東西，對於和母親一樣被留在家裡的女孩，一方面會很同情母親的孤單，但是另一方面卻仍存有小孩的好奇心：爸爸到底去哪裡玩了？是不是玩一些我們都不會的東西？

這些想法被植入在她的潛意識裡，當女孩遇到了像前夫那樣一個充滿異國文化，來自不同國家、不同背景的男人時，這一段充滿很多異地元素的感情，一個她很少接觸也很陌生的世界，正好呼應到女孩心中對於那個進不去的、父親好玩的世界的渴望。這也是女孩會在短時間內就決定要嫁給男人的原因，那是一種「一輩子的渴望」甦醒的巨大力量！

以爲是彌補卻更失落

聽過「藍鬍子」的童話故事嗎？有一個很勇敢好奇的女孩，還有一個沒有人敢嫁給他、擁有神秘古堡的主人，當女孩勇敢的嫁過去的時候，原本以為可以去探索那座城堡，後來才慢慢發現，自己被限制在某個房間以外，那些她感到好奇以及想探索的期待都被禁止了。有一天她偷偷去開那個房間，想探索男人的秘密，結果差點就像其他前妻一樣被男人殺掉。

童話故事中的好奇女孩就像前面提到離了婚的女人一樣，原本以為有一個和自己完全不同個性、不同背景的人，可以讓自己發現更多而感到好奇，但卻忽略了對方並沒有要分享的動機和意願。此情此景反而激起了女孩兒時的憤怒，因而提醒了她：「爸爸有一個世界，是不讓我進去的。」這是一個很典型的婚姻模式：嫁給一個看似可以彌補自己生命中失落一角的那個人，但是進入婚姻之後，反而證實了對方是在重複，甚至是強化了自己原先的失落感。該選擇一個人的寂寞，還是兩個人的孤單呢？在婚姻關係當中，永遠是個難分難解的愛情習題。必須能認識自己成長過程的失落感，才有機會用理性的態度選擇自真正適合自己的伴侶。

你把什麼藏在碎唸裡？

治療嘮叨男人的方法

嘮叨不一定是女性的專利！有一個女性友人描述她先生喜歡碎碎唸的狀況：她的先生是一個有潔癖的人，而且最受不了掉在地上的任何毛髮，特別是女孩子的長頭髮。所以老婆平時會非常注意，如果偶爾有一、兩根頭髮掉在地上的時候，囉嗦的老公大人就會一邊把頭髮撿起來還一邊叨唸著：「怎麼這麼會掉頭髮？怎麼有這麼多頭髮可以掉？」而且每撿一次就唸一回。

但是這個愛乾淨的老公卻沒有想到，太太生過小孩之後開始面臨產後掉髮的問題，而且越掉越多，此時老公大人還是一如往常的邊撿邊唸：「怎麼那麼會掉頭髮，妳要禿頭了喔？」這句話聽在太太的耳裡卻顯得非常刺耳，自己因為生孩子而落盡髮絲，已經讓她沮喪萬分了，在身心俱疲的情況下，卻還聽見自己的另一半說出如此無情的話語，這對有苦難言的太太來說，又是一大打擊。

這個例子只是「平時嘮叨」的放大版，在日常生活中，每個人都有嘮叨的毛病，如果嘮叨的目的，是希望對方能做到可以完成的事情的話，那麼，愛碎碎唸的人是否想過：其實有很多方法能夠達到目標，為什麼自己偏偏要用嘮叨的方式去表達呢？

隱藏需要的教導

細究其因，碎碎唸和一個人的個性有很大的關係，尤其是男人。為什麼有些男人會很習慣地用嘮叨的方式來面對並處理事情？是因為有許多男人想要「藉由這樣的方式來掩飾自己的需要」。也就是說，他藉著嘮叨來隱藏「他需要妳」的事實。

就以文章開頭提到的那位女性朋友為例，在她老公的心裡可能有一種想法是：「看見自己美麗的妻子掉頭髮，我很心疼。」他很可能早已知曉，老婆因為掉頭髮而心情不好，其實他和太太都在承受掉頭髮的失落感。但是，多數的男人不太容易、也不太願意直接說出口：「老婆，看到妳掉頭髮我好心痛，這樣一直掉頭髮，真的不知道該怎麼辦才好，我能否幫上什麼忙呢？」因為這不是社會鼓勵或容許男人表達情緒的方式。久而久之，男人就很自然地演變成用「碎唸教導」的方式，來避免他不想看見的結果。

來自恐懼與控制慾

曾經聽過另一個在生活中看似小問題的例子，但是太太卻因此而不斷被碎碎唸：在這對夫妻的居家浴室裡，所有的衛浴用品都必須要用吸盤固定好，並且整齊的歸位，吸盤與吸盤的位置、距離都要一公分不差。一旦先生發現吸盤的位置改變或是距離不對了，就會開始無盡的叨叨唸唸，甚至嚴重到就算已經離開家去上班，還會打電話回家囑咐老婆，要把調整好的位置用手機拍照下來，傳給他確認。

其實這個不斷碎碎唸的先生，是對於沒有按照規範或秩序做好的事情，有著很深的恐懼。這種狀況可能會連結到他過去曾經經歷過的一些經驗，因為疏忽了某些小事，導致在沒有心理預期的狀況下，家裡突然產生了極大的變化，正因為如此，造成了他對於不在秩序範圍內的事情，有著極大的恐懼與不安。

另外，嘮叨或是碎唸其實也代表了一種控制慾，但這種控制並不一定是對人，有時候是透過這種方式跟自己對話：他一邊嘮叨、不停重複的講，一邊去處理情緒、整理狀況，有助於釐清事件，以便掌握整件事情的來龍去脈，同時也用這個方式告訴自己：「這件事已經發生過了，或是以前也曾經發生過類似的事件。」然後把記憶裡的事件整理好並歸位。

還有些人是藉著在嘮叨的過程中，去誘導他人講出他想聽的話，透過這種方式來安慰自己：「嗯！他真的把我說的話聽進去了。」

找出原因才能終止碎唸

如果有機會遇到一個很愛嘮叨的人，可以試試這樣做：直接替對方說出，他所害怕的點。當你這麼做的時候就會發現，對方會立刻停止嘮叨。

如果不直接點出對方心裡的恐懼時，就會誤以為他只是愛指導別人、很強勢，然後一直用反抗與拖延的方式去面對他，或心想繼續拖兩天再來處理的話，恐怕對方只會變得更嘮叨。因為對方無法掌控的部分越來越多，隱藏在心裡的恐懼也會因為拖延而累積得更多，最後只能以變本加厲的嘮叨方式，藉此抵擋心裡的害怕與不安。

當你遇到另一半開始嘮叨的時候，最好先理解對方選擇嘮叨的方式，可能是因為不知道如何表達內心的感受；若是因恐懼而嘮叨不休，就要直接面對並點出對方內心的恐懼，才是終止嘮叨最有效的方法。

夫妻吵架排行榜前三名

什麼叫做有意義、值得吵的架？

金錢是吵架第一導火線

世界上的每個人都是上帝獨一無二的作品，沒有一個人的個性能夠完全和另一個人相契合的，所以才需要經過磨合與包容，夫妻之間更是如此。當來自不同環境背景的兩個人，要攜手共度數十寒暑，怎麼可能不起口角、沒有爭執？

夫妻需要溝通的事情實在太多了，其中最容易讓夫妻吵架的有三件事：第一是「金錢觀」。有一對夫妻從一開始結婚時，就決定各管各的薪水，但卻沒有明講家裡的開銷該由誰來負擔，或是由誰去繳水電瓦斯費，所以長時間待在家的太太，就負擔了家中大多數的開銷。

有一天，太太看見先生為了買遊戲光碟與遊戲機花了一大筆錢，於是非常的

生氣地開始唸他、管他。後來太太終於開口對先生說：「希望你能夠將一部分的薪水固定拿來支付家用，剩下的我不會過問，包括不再唸你花錢的事。」經過考慮之後，先生決定接受太太的意見，兩人才不再為花錢吵架。

另一對夫妻則是在結婚後，先生不願意把薪水交給太太管理，因為先生覺得這是他們家族三代以來的傳統，在男方家裡，女人從來不管錢，但是太太卻沒辦法理解也無法接受，於是雙方僵持了數個月。直到有一天，先生告訴太太：「我並不是不肯定妳持家的能力，只是男方管帳是我家的傳統，我可以也願意負擔所有的家用，包括未來養育孩子的費用，而妳賺的錢也可以自己管理，自由運用。」太太思考過後覺得並沒有什麼損失，也就欣然同意了。

丈夫願意讓太太管錢的意義

以上的例子多得不勝枚舉，可見「金錢觀」應該可以名列夫妻吵架話題的第一名，特別是在錢該交給誰管理的部分。男人願不願意把自己的錢交給女人管理，代表兩種意義：有一種男人會覺得給錢代表自尊、表示他有能力可以養得起老婆和小孩，如果先生對於金錢是抱持以上的想法，太太在這方面和先生劃分得很清楚，那麼男方很容易會覺得太太看不起他。另外有一種男人認為，如果把他辛苦賺的錢交給老婆管理或使用，會感覺是太太在剝削他，所以這種男人需要維持一種強烈的自尊：「希望由我來控制錢，當老婆需要用錢的時候，就來向我請款。」

這兩對夫妻不同的金錢觀，後來都找到了解決的方式，因為他們都很清楚自己的另一半在意與需要的地方。例如：第一對夫妻的先生同意把錢交給太太的原因是：如果我把部分薪水給妳，就可以保有自己的興趣、換得自由空間，這樣很值得。

至於第二對夫妻的先生，在意的是要承襲家風，保有家族三代以來的傳統，因此寧願負擔所有的家用，讓太太自由運用她所賺的每一分錢。這對女方來說並沒有損失，所以太太最後也接受了先生的想法。

一個成功的溝通，並不是在於用了什麼樣的方式而成功，而是要清楚自己是和什麼樣的人溝通，要用對方在意的方式去談判，才能夠掌握致勝的關鍵。

教養小孩混合著情緒問題

繼續探討夫妻吵架排行榜第二名：「小孩的教養問題」。該如何餵孩子吃飯，可說是最經典也最常見的例子。例如：有一對夫妻，常常為了孩子吃飯的問題而爭吵，因為小孩總是吃得很慢，或是沒辦法專心吃飯，太太因此而感到疲憊，甚至常在吃完飯之後問孩子：「好不好吃？」擔心是不是自己的廚藝不合小孩的胃口。

當太太看到小孩吃得太慢對先生抱怨時，先生的回應是：「吃得慢沒有關係，有吃就好了。」有時先生也會幫忙想辦法，跟孩子一邊玩，一邊吃飯，儘管如此，老婆還是經常為了小孩吃飯的事情而發脾氣，讓先生忍不住向朋友訴苦：「實在很難理解我太太為什麼總是這麼不開心？」

其實，對這位太太而言：孩子吃得慢或是不專心吃飯，代表她能否當一個「成功的媽媽」的指標，這位太太會去問小孩好不好吃，是因為她很在意這件事情，如果小孩沒吃完或是吃飯吃得很慢，就形成了一種壓力。這個時候如果先生只是想辦法讓小孩趕快把飯菜吃完的話，不見得就能夠解決問題，因為讓太太發脾氣的原因是她感受到壓力，而先生提供的方法，只是想辦法讓小孩吃飯吃快一點，此

時太太反而會不領情，因為先生的方法並沒有解決她真正的煩惱。

有一個例子是：先生因為工作忙碌很少在家，小孩的教養多數是由太太負責。有一次為了小孩吃飯的問題，太太向先生抱怨：「光是餵孩子吃飯就要花上兩個小時，真的好累。」此時先生的回答是：「妳的方法不對，哪有小孩吃飯會吃很慢？」然後先生當晚就用了他的方法，拿小孩最愛的汽車圖卡跟孩子一邊玩，一邊把飯餵完，前後只花了三十分鐘。於是，先生就很得意的把空碗拿去給太太看，展示他的成果，結果太太一語不發，冷冷的把碗收走。隔天，又到了要吃飯的時候，先生就再也找不到汽車圖卡了，原因是被憤怒的老婆丟掉了。

如果夫妻沒有辦法及時感受到對方問題的癥結點時，就很可能會發生以上的情況，讓一頭霧水的另一半認為：「妳的目的不是要小孩子吃飯嗎？我好不容易找到一個有效的方法，為什麼妳要把汽車圖卡丟掉呢？」其實導致太太不開心的點是：「為什麼平常都是我一個人在處理小孩吃飯的問題？你不但不相信我很辛苦，還羞辱我方法不對，意思是我活該辛苦嗎？」這時候，先生應該要在意的是太太的情緒，而不是針對小孩的問題提供解決之道。

夫妻結合像重回嬰兒時期

最後是夫妻吵架排行榜的第三名：「生活習慣大不同」。夫妻在這方面的爭吵大都脫離不了「吃、衛生習慣、個人領域」這三項。這其實是很有趣的一種心理狀況，當兩個人共結連理之後，在心靈上都會獲得新的一個角色，讓人彷彿再次回到嬰兒時期，重新成長一次。

而如同嬰兒的人格發展，第一個階段是口欲期——關於吃東西和吵鬧。在夫妻間表現在飯要怎麼煮、誰負責煮、煮菜的方式等爭執。

第二階段是肛門期。開始學著如何大小便、上廁所。正如很多夫妻會為了兩個人該如何上廁所、怎麼維持乾淨、馬桶蓋要掀起來還是放下的事情吵架。

第三階段：漸漸開始形成自我認同與個人領域的劃分。由於夫妻是一種結合的關係，因此要重新樹立內在融合的定義，例如：「我在你心裡，會成為什麼樣的人」的狀況，因此，控制慾比較強的一方，就會去管另一方吃飯、上廁所等瑣事；而被管的一方，就會感覺對方是要重新教導，或是要在自己身上建立一個新的模式，此時就會意識到：「我可能會因此而失去自我」，所以堅決的抗拒。通常到了這個時候，雙方都會非常堅持要沿用原生家庭教導的方式去面對，誰都不願意妥協。

當夫妻出現類似的爭執時，其實應該要去體會另一半的心情，對方的抗拒或是不願意配合，是因為害怕在兩個人結合的過程中會失去自我。天底下有哪一對夫妻不會吵架呢？只要認真思考吵架背後的意義是什麼？是讓彼此更了解對方，還是從此老死不相往來？只要夫妻兩人都願意靜下心來，去理解吵架背後的涵義，這樣的架才吵得值得而有意義。

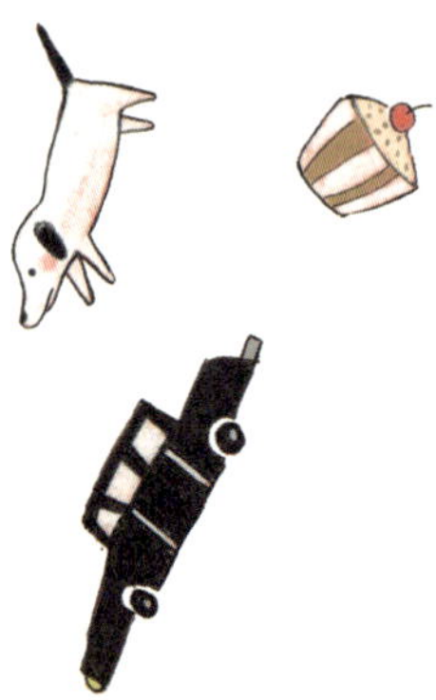

從抹布引發的戰爭

吃力不討好，老婆這一行

完美老婆翻臉了

每個人對於夢中情人的要求都不盡相同，有一位先生是這樣描述他理想中的老婆，以及自己對於家的概念與想法：「希望我的老婆可以不用工作，好好顧家，專心帶孩子，每天回家都可以看到心愛的老婆和寶貝的小孩，對我來說，這就是家的定義，讓人感到無比溫暖。」

不久後，他的夢想成真了。在婚後的前幾年，他太太真的每天都待在家照顧孩子，對於這個家的男主人來說，是一段最棒也最幸福的時光。但是家裡的女主人卻越來越不快樂，太太開始覺得自己每天待在家帶孩子、忙家事，好像和社會逐漸脫節了！忙到最後，幾乎沒有自己的時間可以好好審視自己，所以越來越沒有自信，越來越退縮，於是她終於鼓起勇氣告訴先生：「我決定要去外面找工作。」

在另一個家庭中，也有一位事業非常成功的先生，他對於家的期待，是希望太太好好待在家裡。在結婚初期，這位女主人非常安於家庭主婦的角色，但是有一天，夫妻兩人為了一條抹布大吵了一架，因為先生認為抹布上有很多細菌，三天就要換一條新的，太太卻覺得用清潔劑洗一洗就好了，不需要整個換掉，於是兩個人就這樣槓上了！

後來先生講了一句話：「妳知不知道抹布上面有很多細菌？難道沒聽過專家說一平方公分的抹布，有幾千萬個細菌嗎？」結果太太當天就失眠了，整夜輾轉反側的她一直在想：「如果老公希望我待在家做事，卻不覺得我做得很棒，還要指揮我怎麼做，那麼我的人生最後只會被他看不起！我不懂抹布沒關係，但我可以去懂外面的事。」

到了第二天，老婆決定擦拭自己的生活，讓自己的生命煥然一新。她告訴先生：「我決定出去工作。」

可想而知，這兩位先生聽到老婆想要出去上班的時候，是多麼地不高興，因為他們就是喜歡家裡每天有老婆、小孩等著一家之主回來，這樣才有溫暖的感覺。

但是男人們卻沒想到，他們理想中男主外、女主內的溫暖家庭，最後卻變成太太最害怕的噩夢。

婚姻泥淖真要命

其實每一對夫妻，都有各自害怕的事情存在於彼此的婚姻生活當中，只是大部分的夫妻都不知道也沒有察覺到，所以就一直困在婚姻的泥淖中，兜在圈圈裡面打轉。

第一個例子裡的太太，最害怕的事情就是：「自己越來越沒有自信。」當她每次感覺到自信即將消失殆盡的時候，就會想用更強硬的方式來回應或是反擊，如果先生沒有察覺到太太的情緒變化，反而會誤以為：「太太變得有自信了！」此刻先生就會開始感到不安，沒有安全感。面對自己的害怕就更加焦慮，希望回復到以前那個「理想家庭」的時光，在誤解的惡性循環之下，先生就會用更多的表達跟束縛，想要把女主人的心重新拉回家裡。

有時候遇到這種情形，男人不會直接講自己的需求，反而是拐個彎，說成是孩子的需求。這種做法很容易會讓敏感的太太覺得：「先生是在找藉口，而且是在批評我沒有顧到孩子，沒有扮演好媽媽的角色，也不夠稱職。」

因此讓妻子覺得自己到底是哪裡沒有做到讓先生滿意？於是就越想要表現得讓先生無話可說，然後就更加強勢地想要證明：我可以把小孩安頓好了，也可以兼顧外面的工作。

面對太太如此堅持的回應，先生自然就更不舒服，原本他想把太太拉回家庭，沒想到卻越推越遠，其實，他最想表達的是：「我覺得不安全，我沒有安全感。」

如果夫妻雙方能夠理解，婚姻是兩個人共同的運作，並且學習去察覺自己與對方所害怕的地方，然後用比較柔性的方式去表達和溝通，那麼在討論事情的時候，就會有轉圜的空間，而非淪於情緒性的爭吵。

換個角色互相鼓勵

當夫妻雙方的其中一人，發現對方的害怕或是他的問題時，有一種狀況是很

有趣的：明明知道對方的弱點或痛處在哪裡，有些人就是會刻意一直去壓那裡、踩那一點，但最後對事情卻毫無幫助，倒不如繞個方向來幫助他修復那個缺陷。其實，夫妻之間其實不應該互踩痛腳，也不需要非得爭個你死我活，因為夫妻是一體的，即使女方贏了，男方輸了，女方接下來的日子也不會好過到哪裡去。

有些時候，我們常聽到太太總是抱怨著：「為什麼孩子都是我一個人在帶？」或是先生說：「我在外面工作多麼累啊，只是讓她帶個孩子也帶不好？」

如果真的要計較，在實際的生活裡，沒有一對夫妻是平等分工的，一定有一個帶孩子的時間比較多，一個工作的時間比較多；一個人出去玩的時間比較多，一個人在家的時間比較長，這是一個無法改變的事實。在這種情況下，偶爾需要角色對調或平衡一下，如果平常都是太太在照顧孩子，難得有個機會可以讓她出門逛逛和朋友相聚，此時，懂得體貼的先生就要去接替太太平常照顧孩子的角色。

當一個家的男主人已經決定要扮演媽媽的角色，或是暫時當太太的替身時，就要表現得敬業一點，千萬不要在接了手之後還打電話問太太：「妳什麼時候回家？」讓人在外面的老婆無法安心，也玩得不盡興。

同樣地，當先生盡了最大的努力扮演母親的角色時，太太回家的時候也不要

百般挑剔，抱怨小孩的牛奶泡得太淡、溫度不夠、穿的衣服不對等等，畢竟親愛的老公是第一次登場，天底下哪有人天生就懂得如何帶孩子的？這個時候請不要吝惜，用最溫暖的方式，給先生一點愛的鼓勵吧！

親愛的，別人的

小三心態大分解

隨著愛情連續劇的推波助瀾，小三似乎已經成了時下流行的討論話題。很多人沒辦法理解，為什麼在感情世界裡，有那麼多「第三者」願意並持續地待在一段不被祝福的關係裡？

性格決定命運

絕大多數的第三者，從外遇的那一方所接收到的訊息都是：「他（她）在婚姻裡頭並未得到很好的情感滿足。」例如說：他（她）的另一半並不了解他（她）、太太或先生對他（她）不好、在另一半面前沒辦法表達自我……第三者願意繼續待在這一段關係裡，大部分都是因為眼中有這樣一種「形象」存在。

有一些心思比較單純的人，很容易就相信如此這般的話語，或者是具有浪漫性格的人，在自己的成長過程中、戀愛經驗裡，對於那種「沒辦法心靈相通」的寂寞感觸良多，因此，當對方說有不得已的理由，例如：「我是為了孩子、或是雙方有生意上合作的往來，離不開這段婚姻」、「我跟另一半都沒有像跟你（妳）這樣，有心靈上的交流和默契。」這些話很容易讓人打開心房。

其實有很多大老婆，對自己的婚姻或夫妻之間的相處狀況是很能掌握的，因此在聽到諸多關於第三者的描述時，通常會感到非常震驚。例如：「先生明明昨晚還跟自己發生親密關係，外面的女人卻堅信老公已經十年沒碰老婆了。」因為大老婆的先生們就是這麼轉述的。

不需面對成敗與戀父情結

第二種狀況是，有些女人內心對感情非常缺乏自信，總覺得自己會是被拋棄不要的人。跟已婚的男人交往，有時反而巧妙地遮掩了這種焦慮。「因為他有老婆，所以終究無法跟我在一起生活，並不是因為他不愛我。」因為有「婚姻」做為無法結合的理由，所以反而不用真正去面對「到底他愛不愛我」的成敗焦慮。

假若女性朋友跟一個單身男子交往，在雙方對等的關係之下，當兩人起了爭執，彼此不會特別忍讓或包容，這一場戀愛談到最後，還可能以分手收場。如果戀愛的對象是已婚的男人，往往因為對女方心存愧意，因而特別包容和疼愛。尤其在兩人無法時常見面的狀況之下，每次相聚前都已經累積了許多思念和情感，自然會覺得難得的兩人時光分外的甜蜜。

還有一些女性，特別容易對年紀大的男人產生好感，甚至特別容易喜歡結了婚的男人，這樣的女性渴望的是一個「父親形象」的男人，所謂「父親」，就是「母親的先生」，所以這個男人自然會是某人的老公，是已婚的身分。這樣的「戀父女」常常被在公園裡面跟女兒玩耍的男人所吸引，或者，某天偶然聽到老闆接聽家人的電話，溫柔地回應老婆，答應買奶粉、尿布或是家用品的時候，整顆心就被吸引走了。具有這種特定喜好的女性朋友，在外遇關係裡面通常最難走出來，因為和她自己的心理狀態有關，也是連結最深、卡得最緊的一種。

你眞的心甘情願？

會成為第三者的人通常都有一個共同的理念，就是：「怎麼可以說是我在掠奪人家的東西呢？」第三者常認為，夫妻之間，光靠我一個人的力量是分不了的，因為別人的老公或老婆一直緊抓著我的手不放，我才會成為第三者；如果對方沒有抓著我，我也不會卡在這段三角關係裡這麼久。的確，先跨出婚姻而有外遇的那一方，也要負起相當程度的責任。

對於目前正走在第三者道路上的男女們，如果覺得苦惱的話，該如何才能換條路走呢？此時最好先問問自己：「人生中想要的東西，難道都這麼沒有價值嗎？」哪個人不希望有一個男人或女人真心真意地把自己當作生命中的唯一？若以同樣的相處時間，放在單身的男人或女人身上，當自己生病、需要人照顧的時候，對方可以隨時出現，就算不能及時出現，也可以打個電話要個小任性、撒嬌一下；但是，如果是打給已婚的男人，就算對方可以接電話，也只會說：「不要這麼任性，晚點再打給妳。」然後就消失在電話的那一端，否則就是不接電話。

如果第三者是女性又想要小孩的話，那麼將來小孩想要爸爸的時候，又該怎麼辦呢？還有女方的情緒問題，就像很多第三者一樣，或多或少都有罪惡感與愧疚感，心中並非完全沒有一絲絲歉意，而且也花了許多時間和生命，在這樣的情緒中掙扎！

下定決心才能遠離不歸路

還要這樣繼續糾葛下去嗎？扮演第三者必須要很堅強，往往不能承認自己的痛苦，由於一開始就選擇了一條不被祝福的感情路，所以只能自己承擔後果，以及不被支持的處境。第三者常說：「我很好，我沒事！」但到了夜深人靜的時候，只有自己知道，心裡面到底有多少的傷和痛。

這樣的第三者，就算可以找朋友傾訴，卻還是沒辦法合理化自己的角色，於是只能一邊哭，一邊說：「這是我自己要的啊！這是自己的選擇。」既然如此，又為什麼會掉眼淚呢？一旦卡在三角關係裡，三方的人生都無法前進，這樣的角色，不但會讓自己受傷，也害了別人。

其實，為什麼會被卡在難解的三角習題中，自己都很清楚，甚至周遭的朋友也都看得一清二楚。所以，一定要下定決心才能夠掙脫第三者的魔咒，請相信自己絕對值得一段更好的愛情，只有離開這條不歸路，才有重新開始的機會。

夢幻泡泡中的無底深淵

如何脫離第三者的角色？

自己不是第三者？

「第三者」之所以會成為第三者，往往是因為思考存在一個根本的問題，導致不認為自己是第三者。例如：一個曾經與某個男人交往過的女孩，分手之後對方有了新女友，後來又因緣際會和前男友的生命攪成一團。於是，女方的思考會出現一種可能性：「這個男人本來是先跟我談戀愛的，只是後來又去跟別人交往，我是先進入他心中的女人，我不是第三者。」

認為自己不是第三者的另一種想法是：一開始就知道他有老婆或女朋友了，但他們是錯誤的結合，根本就不快樂，跟我在一起才能點燃生命中的亮光。以前都是錯的，根本不算，跟我在一起之後才是真正的開始。所以，我不是第三者。

第三種想法則是：雖然這個男人和老婆曾經相愛，但是他老婆並不懂得珍惜他，男人在這段婚姻中顯得很可憐，我才是懂得珍惜對方的真命天女，我不是第三者，而是他生命的拯救者。

不管從什麼情況看來，幾乎所有的第三者都不認為自己介入了別人的感情生活，那麼又該如何斷定第三者的位置呢？這個問題取決於那個站在中間無法決定的人，現在到底是把誰擺在正宮？把誰放在偷偷摸摸無法曝光的位置？一旦被放進那個見光死的角落，就是第三者的位置。如果不能調整好自己的思考模式，那麼在難解的三角習題裡，就永遠無法釐清問題。

一旦有了外遇的人，一定都會告訴第三者：「只有你才是對的人。」但是又不會離開口中那個不對或是不愛的人，三個人同時各踞於三角的一端，構成外遇的三角關係。

不去想不願放

為什麼第三者願意停留在這一段不完全屬於自己的感情裡呢？進一步分析，

會停留在這個位置的人，心態上有幾個特色：

第一、不去想事實。這樣的第三者不會去思考對方本來就有另一半的事實，反而會陷入自己的幻想，如果以後沒有另外一個人的存在，我跟他會是多麼地完美，就在拒絕思考或是不去想這個事實後，無論怎麼看對方，都覺得是個超完美情人。因為對方日常生活的大小瑣事，特別是戀情裡容易煩人或是不開心的一面，都有另外一個人一起分攤感情的重擔。跟這樣的人相處，會讓第三者感覺，有一種與別人相處時無法達到的獨特感。

第二、有一種第三者很在意自己的感情對象，要一個能讓他有心靈被撞擊或能夠填滿自己的人，因而無法認同平淡的愛情關係，或是隨便找一個可以搭配的對象交往。此時可能會產生一種迷思，現在只有眼前這個人是如此美好，就算對方已經有了另一半，也不能輕言放棄，否則可能就遇不到更好的理想愛侶了。

明知故犯的心態

為什麼有很多人一開始就知道自己是第三者，還願意委身於難解的三角關係之中呢？

第一、通常會很容易被有才華或是有成就的對象吸引，覺得如此優秀的男人真是世間少有，絕對不願意讓對方從身旁溜走。

第二、看到對方跟女朋友或老婆在一起的模樣，覺得他對家人非常用心，是個好好先生，就會在潛意識裡把自己跟對方的另一半進行ＰＫ大作戰，然後自我感覺良好地湧出一股勝出的感覺，認為自己比那個女人好。如果連那樣不起眼的女人，他都能對她那麼好的話，將來一定會對我更好。

第三、想要搞外遇的男人通常會對外面的女孩子釋放訊息，描述自己是如何可憐。我曾聽過一個朋友轉述，她的男同事經常在中午吃飯的時候，拿出老婆準備的便當，在大家面前吃。當女同事說：「好幸福啊！吃太太的愛心便當！」這男人卻一臉無辜地說：「我老婆是裝剩菜剩飯給我啦！」從此以後，就有一個傻女孩開始每天帶兩個便當上班，溫柔地填飽男人飢渴的胃，還誤以為男人的老婆非常過分，根本不照顧這個老公。其實男人的太太每天都很用心做老公喜歡的菜啊！

上癮的原因

有些不知情的第三者在明白事實之後，很快會選擇離開；萬一不小心卡在三角關係中好幾年，甚至還一直癡癡等的一方，就很可能在這段關係當中，已經出現讓自己上癮而無法自拔的原因：

第一、對方其實很清楚，並沒有要給出全部的生活和自己，所以，他可以比較體貼妳，吵架的時候會比較讓妳。一旦第三者的角色轉變為正宮娘娘，每天都要相處在一起，依照常理判斷，對方不太可能每一次都願意退讓。如果是偶爾見一次面的話，要忍讓、包容就容易多了。

第二、在物質生活方面，對方會比較貼心和慷慨，讓人容易產生一種錯覺，心想這麼體貼又慷慨的男人要到哪裡找？怎麼會遇到更好的人？卻忘了這是因為他給不起更大的東西，尤其是最重要的、完整的愛，才會心甘情願地在小東西上充分地給予滿足感，主要是源於他心中對妳的那一份虧欠。

第三、是心理層面的因素，通常會跟選擇外遇的人交往，心裡面會產生一種很弔詭的安全感。萬一這一段感情沒結果或是以分手收場，都不是因為不再愛了，而是因為相見恨晚，本來他就已經有了另一半，我是後到的真愛；況且他一定是一個負責的男人，才會拋不下先到的錯愛，或者是因為對方不願意放他走，我們才會被迫分開。總而言之，不是因為他不愛我而分手，所以在這個三角關係裡，我永遠都不會輸，不論是分開或是扶正，都是因為他愛我。

一定會有更好的情人

如果真的想清楚了，那麼又該如何脫離第三者的角色呢？請先主動戳破幻想世界裡的虛幻泡泡，再把心裡設定的完美王子形象拿掉。

有些人會說：「我也很想離開他，可是感情怎麼能說放就放？」殊不知情感是建立彼此看待對方的形象之上，當女方一直把心儀的對象擺在王子的舞台上，永遠閃耀著光芒，就永遠看不到王子下台後的生活有多麼不堪、多麼現實，對女孩的行為有多麼無恥。當夢中情人不再是舞台上的王子，而是走入現實生活中的邋咖、自私男或歐吉桑的時候，女方才會猛然驚醒：「雖然這個男人真的很照顧我，對我很好，可是，除此之外，他還能給我什麼？而我要的又是什麼？」

當盲目的第三者將自己拉回現實之後，應該先對自己說聲恭喜，屆時就會發現對方的吸引力立刻降低，自己判斷力也會回復正常，變得更加清晰，如果對方只是一般人，那又何必要找一個無法給出完整愛情的男人？親愛的姊妹們，請妳絕對要相信自己是值得被疼惜珍愛的，也一定會有更好的人會如此待妳。

當女孩們發現自己生活被搞外遇的男人搞得跟現實完全脫節的時候，例如：每天都在等著跟對方出去的機會，所以不敢隨意安排自己的行程，也不敢答應朋友的邀約，擔心對方突然來訪時沒有空。想清楚喔，如果對方很少出現在妳的生活中，卻讓自己有很多時間不敢安排行程，或者跟朋友外出聚會時，只要他一通電話打來，就草草結束和朋友的約會，然後奔回他身邊……這些都是與現實脫節的警訊。還有，如果每一次去的地方都見不得光，例如：私密的餐廳、秘密的旅遊景點等等，因為自己是第三者而必須避掉或是篩選一些社交場合，怕被人看見，或是自己根本聽不進去任何朋友的規勸，甚至覺得朋友都是一面倒地指責對方，刻意要剝奪自己這一生可能唯一殘存的幸福美夢，這些都會讓自己愈加深陷於痛苦的第三者魔咒，讓真正關心自己的好友越來越疏遠。

一旦「小三」的生活陷入了「眾人皆醒我獨睡」的時候，就已經被劈腿男人帶離了光明面，進入伸手不見五指的黑暗世界。最可怕的是，在這個望不見天際的愛情淵藪中，無法給出完整自己的男人就成為傻女孩唯一的光，結果就更離不開了。

結婚是爲了生小孩？

期待好「孕」的正確心態

根據統計顯示，台灣夫妻的生育率是全球最低的國家。很多夫妻會因為何時生小孩或是生不出小孩的問題，導致感情出現裂痕與婚姻危機。還有一種壓力是比較傳統的：來自於長輩的期望。但目前有很多狀況是，長輩並沒有催促小倆口快點生小孩，反而是夫妻雙方，對於要不要生小孩這件事的意見不同，可能是其中一方想要有個寶貝，另一方卻不想生小孩，尤其是大部分的妻子可能會出現該不該生產的焦慮，萬一先生目前說不想要小孩，日後又反悔，想要有個自己寶寶的話，如果到時候生不出來又該怎麼辦？老公會不會去找別的女人另築愛巢？

通常在女方正值生育年齡的階段，該不該有孩子這件事，確實會造成夫妻之間的衝突與爭執。一旦雙方都有了想要孩子的念頭卻難以受孕，在遲遲等不到消息的情況下，壓力就會接踵而來。

壓力大更難孕

在這種情況下，通常夫妻雙方感受到的壓力和處理的方式都不盡相同，因此其中一方會覺得另一半不夠體諒自己的辛苦。例如：妻子需要定時打排卵針，還要忍受身體不適的副作用。也有一種情況是，可能是在某天晚上，算算日期，當天應該是要預備進行兩人親密關係的時間，但是如果先生忽略了，不小心跑去抽根菸，或是跟朋友通電話講太久的時候，正滿心期待著精子湧入子宮舉行「登卵大典」的妻子，心裡就會感覺嚴重受創了，認為先生好像不在乎這個做人成功的重要時刻，甚至會覺得：「反正在你心中，我就是生不出孩子的沒用的女人。」因此湧出許多負面能量，而搞壞了自己原本的好心情。

當夫妻關係因此而鬧僵的時候，並不是所有的男人都能夠去耐心的安慰太太，也有很多先生會承受不住傳宗接代的龐大壓力而發脾氣。經常可見的情況就是：太太覺得不受重視，感覺自己被冷落之後，就會變得非常緊張，於是開始一直緊迫釘人，叨叨絮絮地不斷提醒老公明天一定要做這個、後天一定要做那個，有些男人起初會默默的配合，可是心裡就會覺得親密愛人變得好可怕。日子一久，夫妻之間就逐漸失去了那種相親相愛的心情。

此外，有些男人也會生氣，因而產生一種想法：「幹嘛為了生小孩搞這麼困難的事情？」或是突然改變觀念：「不一定非要小孩不可。」一旦夫妻之間出現這樣的裂痕時，雙方就很難彼此好好溝通，更不可能有心情發生其他的親密行為了。

結婚不只是爲了生小孩

當兩人溝通不良之後，就很容易會出現怨懟，有一方會覺得：「要是對方能生，我就不用那麼辛苦，也不用花這麼多的錢去調理身體。」甚至有些太太會因此迷上算命，此時算命師可能會說：「就是跟了這個男人才會生不出來，如果跟了別人，就會有小孩了。」這種不負責任的謬論，真的會害慘一個家庭！

因為有很多不孕的婦女朋友，內心深處對於擁有一個寶貝的渴望，已經讓自己壓力大到快走投無路了。此時先生也很無辜，原本就沒有犯錯，平常的表現也很好，但卻因為算命仙的一句話，讓太太開始懷疑：「會不會真的就是因為嫁給了你才生不出來？」使得夫妻之間的裂痕與嫌隙日益加深。

本來兩人都渴望有一個愛的結晶，但是因為種種因素，讓原本好不容易累積下來的愛意都消磨掉了。此時此刻，夫妻雙方都需要一種聲音來告訴自己：「讓我們都給自己一段時間，如果過了那個階段就先暫停吧！」不要把整個人生和整段婚姻的幸福，都投注在該不該生小孩這件事上，夫妻兩人的親密關係，才是婚姻生活中更需要被關注的焦點。

醫療與人性之間的兩難抉擇

現在的生殖醫學相當進步，也讓許多無法生育的夫妻產生過度期望，才會出現「醫療科技跟人性，需要同時進展」的聲音，因為創新醫療技術的發明，會讓許多女人覺得高齡甚至超出高齡標準，還要冒生命危險去嘗試懷孕的心情無限期的延長。這不但會變成一種新的問題，還可能因此嚴重影響女性朋友的生活品質。

以前的女人如果到了四十歲還沒有生小孩，自己心裡可能就開始有所準備，知道日後可能會過著沒有小孩的日子，心理自然就會去調適，雖然有其困難，但至少不會強求。生殖技術的進步帶給很多婦女希望，這是正面的影響，但我們同時也要思考的是，這個希望也會讓許多婦女因而受到許多身心煎熬。甚至有很多婦產科醫生還要兼做心理諮商，去說服不孕夫妻，貿然投資這個「生命工程」的報酬率極低，一旦做下去，可能會血本無歸。但還是有很多人不能理解：「為什麼把錢抱來給你，卻還不幫我做人呢？」

該不該透過現代科技孕育一個屬於自己的孩子？這真是一個介於醫療與人性之間的兩難抉擇，如果做試管嬰兒能夠保證一次成功，當然是樂見其成，但是，如果試管嬰兒的成功率極低、昂貴、副作用很多，又會浪費自己的人生、時間和機會，就要衡量到底還要不要這樣的機會。

傳統觀念的傷害

除了「求子」的壓力之外，還有一種來自於傳統的壓力一定要生個兒子。例如：一位太太在婚後生下了一個可愛的女兒，但卻因為長輩或自己給的壓力，一定要生出一個「帶把兒」的孩子，才能對長輩或自己有所交代。其實小孩都是很敏感的，當父母長期處在一個想要為家族添丁的生活壓力之下，此時女兒也會默默承受了許多的壓力，因而感受到爸爸和媽媽一直在等一個「不是我」的孩子，小小的心靈就會受到大大的傷害。

正確的做法是，為人父母者，應該要把期望或期待放在已經出生的孩子身上，好好珍惜已經擁有的女兒，比抱著自己沒能生出男孩的遺憾還重要。只要稍微改變觀念，才能讓自己的心情變好、壓力減輕，因為生命終於有了一個寄託，把希望放在女兒身上，就會發現自己的心態改變了，人也變輕鬆了，這樣反而比較有可能會自然受孕。

面對不孕的問題，其實男人也有很大的壓力，只

要看看有多少男人不願意去婦產科做檢查就知道了。不孕的男人很害怕別人異樣的眼光，怕別人會打量他，那種眼神彷彿是在告訴他：「應該是你有問題，而不是你老婆有問題。」

當太太面對夫家傳宗接代的壓力時，先生同樣也承接了相同的重擔，可能有些人會誤以為，男人都會認為女人如果不能生，就到外面再找一個。其實只有少數男人才會有這樣的想法，正常的男人還是會勇於面對，選擇和太太一起處理這個失落感，只要夫妻雙方取得共識之後，就可能協調出：「我們就過不要有小孩的生活。」

面對來自於長輩，特別是公婆要求小倆口快點生孩子的壓力時，有些老公會挺身而出，去跟自己的父母溝通，告訴他們這是自己的問題，請長輩們不要再苦苦相逼了，通常公婆聽了之後，因為不忍心過於苛

責自己的兒子，也就不會再給媳婦太多壓力了。

還有一種男人，經過檢查之後發現不孕的問題出在自己身上，但卻無法承擔來自長輩的壓力，所以反而會告訴太太：「千萬不可以告訴爸媽是我有問題。」結果，到頭來變成太太來揹黑鍋，這也是因為男人無法承受壓力的另一種表現。關於生孩子這件事，因為兩個人都有壓力，夫妻之間不應該互相猜疑，唯有用一種互相支持的心態共同面對，才有可能去處理這個問題。

雖然夫妻結婚之後並未生育，但至少還有彼此，在邁向銀髮生活的路途中相互扶持。千萬不要因為沒有養育下一代，搞得佳偶變怨侶，最後反而連另一半都失去了，就太划不來了！

一覺醒來，王子變青蛙

溝通落差，如何找到平衡點？

階段性任務

「為什麼男人結了婚之後就變了個人？當初追我的時候，積極得不得了，結婚之後卻怎麼叫都叫不動？」相信這是許多女性朋友共同的疑惑。

男人在婚前婚後的差別到底有多大？這樣的轉變其實可以在婚前預期，因為女人通常在被男性追求的過程中，大多是採取觀察的角度，知道自己未來對老公會有什麼樣的期待，再透露給對方，當男人接到這個訊息之後，就會在努力求偶的過程中，盡量去猜測並努力達成女孩的期待。

當女人看到這個男人竟然可以為了自己全心奉獻，就會得到一個結論：「這個男人可以嫁。」但卻忽略了男人是一種任務導向的生物，通常在完成任務之後就要好好休息，對男人而言，結婚就是一個完成了一個階段性任務，當然就會想要好好地喘息放鬆，此時就會讓女人感到男人出現了非常大的落差。

在結婚之前，被追求的女人已經休息一段很長的時間，當身分轉換成太太之後，就會卯足全力要幫先生學會溝通。但是這個時候的男人也很想休息，萬一溝通不良的話，最後就會演變成太太越抓越緊、先生越逃越遠的狀況。

當矛盾女搭上逃避男

還有一種會在婚後出現的狀況是：「親愛的，為什麼我講的話，你都聽不懂？」例如：在某個星期假日，太太問先生：「我們明天要做什麼？」當女人問「明天要做什麼」時，男人所接收到的訊號是：「太太在問我，明天要做什麼？」所以有答案一：帶小孩去動物園。答案二：去吃東西、買東西。答案三：去看妳媽媽或我媽媽。

但是到頭來，太太對任何一個答案都不滿意，而且還反問先生：「為什麼去哪裡都是你決定？」讓先生大呼：「明明是妳問我的啊！妳到底要我怎樣？」這就

是男女溝通上的落差。女人對於溝通的認知是：「如果你能體會我的感覺，就什麼都好。」男人對於溝通的概念卻是：「告訴我妳要什麼，我就去把該做的事情做好。」所以，其實男人不太在乎女人是否體諒到他的感覺，而是希望女人給出清楚的指標，讓對方知道該如何把事情做好，然後得到女方一個愛的鼓勵和稱讚。

在上述的案例中，讓女人生氣的原因是：男人沒有聽懂她的話中之意，也沒有體會到她的感覺。而令男人感到納悶的是：我該做的都做了，還想了不只一個答案，她到底是在生什麼氣？其實，女人真正想聽到的是，當我問你：「明天要做什麼？」的時候，男人就會溫柔地說聲：「親愛的，當然是做妳想做的事囉！」

我曾經在另外一本書中寫過，鮮少有男人能夠聽得懂女人到底要什麼，建議女人要聰明一點，不妨換個方式來表達：「老公，你猜我明天想做什麼？」把自己想要的東西或想做的事情表達清楚，因為男人就是這樣，女人不要一下子出太多溝通的難題，對他們來說，光是要想「明天要做什麼」這件事就已經傷透腦筋了。

男女雙方在溝通的時候，最好直接說出自己的要求，對於某些「矛盾型」的女人，這不是一件容易的事，因為矛盾型的女人會很在意別人的臉色，還會擔心別人是否贊同，希望自己提出來的意見或想法，對方都能全心全意、心甘情願地接受。

還有，此類女性不喜歡強迫別人做事，如果一個溝通沒有完成，對方似乎不接受她的意見，女方很難直接地表達「我希望你如此做」，因為對她來說，這就像是在強迫別人。矛盾型的人雖然想推行自己的政策，但又希望對方是自願接受的。在大部分的案例裡，這樣的女人幾乎都會搭配到一個「逃避型」的男人。

逃避型的男人在溝通的過程是——他不要做決定，因為他不想負做決定的責任，他害怕做決定之後就要負責。而且，他也害怕在做決定或是溝通的過程中，失去跟伴侶之間的那種親密感，因為他很在乎另一半，把她看得很重，所以，他們非常害怕被女人否定、或是即將失去對方的感覺。最後他們只好選擇逃避，把所有溝通的任務都留給女方，藉此逃避「我不夠好」的挫折感，這也是夫妻溝通中常見的困難。

感覺兩字，男人怕怕

在婚姻關係當中，女人常常渴望和另外一半分享感覺，但為什麼男人總是拒絕回應女人的感受呢？女人在表達、溝通，甚至是在嘮叨的時候，經常都會脫口而出：「我只是在分享我的感覺，你也可以試著說出你的感覺。」但是女人卻不曉得光是「感覺」這兩個字，就足以對男人產生一股龐大的壓力！

對男人來說，「感覺」意味著「連結」，在男人的成長過程中，男性認同的主要來源是要「切斷連結」。讓我們想像一下：一個小女孩應該可以跟媽媽一輩子手牽手，穿母女裝，等到她成為女人之後，這樣的舉止還是可以被接受。

反觀男孩子從小就被教導：「要開始脫離媽媽，要像個小男生。」而男人之所以像小男生的方式，並不是去跟爸爸手牽手，而是勇敢地獨自一人走在外面。因此男人的課題是要「切斷連結」，才會讓他們覺得自己是個大人、是個男人。

進入婚姻之前，男人都像英雄般地盡情追求，然後再把喜

愛的女人追到手帶回家。一旦走進婚姻之後，猛然發現心目中公主想要分享、很愛溝通，甚至嘮叨時，很容易讓他覺得這個女人是不是想當我的媽！感覺又被吸回了在童年期切斷的連結裡頭，此時男人常採取逃避的方式，或是不予回應。

老婆不要變成媽

男人娶老婆回家，原本就是希望女人能被他好好呵護，遇到男人想當英雄的時候，女人當然就要當公主了，沒有一本童話故事裡的主角是英雄和媽媽吧？所以，男人內心有某些最深層的恐懼，其實是害怕被吸回母性的控制裡，因為男人認為，等到自己結婚之後，母親的控制就會放手了。在這個時候，老婆出現了，如果女方讓男人把自己定位成媽媽，而且男人還一直想扮演英雄的話，就很容易往外發展，去物色另一位能夠配合演出的公主了。

婚姻是一個運作系統，需要有人負責去建立和經營，雙方的感情才能夠歷久彌新。但是，如果只有女方辛苦經營這段婚姻關係，男方容易怠惰，習以為常地認為只要有人負責就好，自己不用學習。有鑑於此，女人有時候要能夠沉得住氣，給男人處理事務的機會，如果男人真的做不來，女人再適時伸出手拉對方一把，幫忙他並給予鼓勵，如果希望先生和自己一起為婚姻付出，就不要常說打擊士氣的話，例如：老公什麼都做不好，還不如自己來。

如果希望自己的另一半能夠化被動為主動，就專心做好公主的角色吧，等到任務分配完成之後，就在一旁用崇拜、鼓勵、肯定的眼神看著白馬王子，替他好好地拍拍手、加加油吧！

國家圖書館出版品預行編目資料

直說無妨——非常關係2 / 鄧惠文著.--初版.--臺北市：平安文化. 2012.07
面；公分（平安叢書；第0390種）（兩性之間；35）

ISBN 978-957-803-831-8（平裝）

1.戀愛 2.兩性關係

544.37　　　101010879

平安叢書第0390種
兩性之間35

直說無妨 非常關係2

作　　者—鄧惠文
發 行 人—平雲
出版發行—平安文化有限公司
台北市敦化北路120巷50號
電話◎02-27168888
郵撥帳號◎18420815號
皇冠出版社(香港)有限公司
香港上環文咸東街50號寶恒商業中心
23樓2301-3室
電話◎2529-1778　傳真◎2527-0904
出版主管—龔橞甄
責任編輯—金文蕙
美術設計—程郁婷
著作完成日期—2012年5月
初版一刷日期—2012年7月

法律顧問—王惠光律師

讀者服務傳真專線◎02-27150507
電腦編號◎380035
ISBN◎978-957-803-831-8
Printed in Taiwan
本書定價◎新台幣280元/港幣93元

038-570-813